アカシアの雨が降る時

鴻上尚史

When the acacia rain falls
written by
KOKAMI Shoji

論創社

目次

アカシアの雨が降る時

ごあいさつ（初演版）

小学校2年の時、ほんの一時期、バス通学をしたことがありました。引っ越しをしたのですが、途中で転校するより、2年生はその小学校で終えて、3年生の時に新たな学校に行こうと親が決めた結果でした。

最寄りのバス停は、自宅から15分ぐらいの所にありました。母親は小学校の教師でしたが、車で通勤していました。

ただ、今となっては思い出せないのですが、何度か、母親と同じバスで帰ってくることがありました。母親なりに気をつかったのか、ただ車が故障していたのか、同じバスに乗って、二人でバス停で降りました。

いつも、親戚の家で時間をつぶしてからバスに乗っていたので、バス停に降りると辺りは暗くなっていました。当時、まだ街灯が充分に整備されていなくて、バス停に降りた母は懐中電灯を取り出しました。

小学校2年生の3学期、冬の季節でしたが、夜空に雪がない時は、星々がきれいに見えました。そういう時は、母親は歩みを止めて、地面を照らす懐中電灯を星空に向けました。

「あれがオリオン座。オリオンの三つ星、分かる？」と懐中電灯の光で示しました。夜空に、懐中電灯の光は、薄い光の棒のように伸びていきました。

「あれが冬の大三角。オリオン座のペテルギウスとおおいぬ座のシリウスとこいぬ座のプロキオンを結ぶと、おっきな三角になるでしょう」

夜空が大きな黒板のようでした。小学校の教師である母親は、光の棒を持って、黒板の前に立っているんだと感じました。なんて大きな黒板なんだと思うとドキドキしました。

母親は、僕に星座を教えることより、ただ星座が好きで、見ることを楽しんでいるようでした。

結局、僕は大きな黒板の前でドキドキしたまま、何の星座も覚えられませんでした。オリオン座とか冬の大三角とか、名前は覚えましたが、どれがそれなのか、よく分かりませんでした。

母親は、花の名前もよく知っていました。母親は四国の山奥の村の出身なのですが「山の人は娯楽が少ないから、花を育てるのよ」と説明しました。

たしかに、母親の実家に行けば、さまざまな色の花が咲き乱れていました。過疎の村で、だんだんと住民はいなくなるのですが、家は朽ちても植えられた花だけは毎年、新鮮で鮮やかな色に咲いていました。

僕の実家には、小さな庭があるのですが、あちこちにいろんな花や木が植えられています。結局、僕は、その名前を覚えられないままです。

母親が上京して、一緒に街を歩いた時も、時々、母親は立ち止まり「まあ、きれいなミモザ」とか「モクレンの白が素敵」と喜びました。

僕にとっては、「ただ花が咲いている」という風景なのに、そこから豊かな楽しみを引き出す母親をとてもうらやましく感じました。

最近、「花にかざすと名前を教えてくれるアプリ」を見つけたのですが、値段がけっこうするので、ずっとためらっています。スマホにインストールしても、忙しくて、結局、使わないんじゃないかと予感するからです。

帰省するたびに、母親は僕に、「人間らしい生活をしているの？」と聞きました。

22歳で劇団を旗揚げして以来、ずっと演劇の稽古《けいこ》ばっかりして、充分に休まず、仕事を続けている状態を知って「それは人間らしい生活なの？」と言いたかったのだと思います。

仕事に行く途中で、誰かの庭先に咲いているヤマブキの黄色にハッとするとか、ネモフィラの青に感動して足を止めるとかが、「人間らしい生活」なんだと思います。

と、知っているかのように花の名前を出していますが、今、「春の花」で、ググっただけです。実際に咲いていていても、気付かない自信があります。そんな自信は必要ないですね。

東京ではなかなか見られませんが、仕事が遅くなった夜、ふと夜空を見上げて「おお、北斗七星が輝いているなあ」とか「北極星は、昔と変わらないなあ」なんて思えるのもまた、「人間らしい生活」なのだと思います。

ずいぶん、母親の言った「人間らしい生活」から遠い生活を送っています。


去年の5月に予定していた『日本人のへそ』という作品が中止になって、まさか、1年たっても公演できるかどうかドキドキする、なんて事態になるとは夢にも思いませんでした。楽日まで、ちゃんと公演できるかという保証はまったくありません。それでも、できることは、キャスト、スタッフがＰＣＲ検査を定期的に受けて、万全の感染対策を続けるしかないと思っています。

劇場に来ていただいたことに、本当に感謝します。

あなたと劇場で会えること。それは「人間らしい生活」だと思うと言ったら、母親はうなづいてくれただろうかと思っています。
今日はどうもありがとう。ごゆっくりお楽しみ下さい。んじゃ。

鴻上尚史

登場人物

桜庭香寿美《さくらばかすみ》（72）（俊也の母親）
桜庭俊也《さくらばとしや》（49）（香寿美の息子）
木村陸《りく》（20）（俊也の息子・香寿美の孫）

医者（声）
女性看護師（声）
警備員（声）
専務（声）
木村瞳子（声）
木崎社長（声）
桜庭亜希子（声）

1

暗転の中、陸の声が聞こえる。

陸　おばあちゃん。おばあちゃん⁉　おばあちゃん！

救急車のサイレン。
やがて、ベッドに横たわる香寿美の姿が浮かび上がる。
続いて、心配顔で香寿美を見つめている陸の姿。
桜庭俊也が飛び込んでくる。
俊也、陸を見て驚き、強張る。
陸も強張る。

俊也　……陸、どうしてここに？
陸　（無視して、香寿美を見る）

医者の声がする。

医者（声）　ご家族の方ですか？

俊也　はい、息子です。……母が倒れた。知らせは、別れた妻からのメールだった。どうして、別れた妻が知っているのか理解できないまま、仕事を抜け出して、メールに書かれた病院に駆けつけた。医者は、「一過性意識障害」だと言った。

陸　「一過性意識障害」

医者（声）　いわゆる気絶です。念のため、CTで脳を見てみましたが、出血もありませんし、頭を打った様子もありません。しばらく安静にしていれば、大丈夫でしょう。

次の俊也のセリフと同時に、明かりが変わる。

俊也　(陸に) どういうことなんだ？

陸　……。

陸、ぷいっと部屋を出る。

俊也　陸！……別れた妻にメールをした。どうして、君が知っていたのか？　どうして病院に息子の陸がいたのか？……返事は電報のように短かった。「陸がおばあちゃんの家に遊びに行ったら、倒れていた。１１９番して、病院に付き添った」。陸は母親に連絡し、母親が5年ぶりにメールを送って俺に知らせた。陸の姿を見るのは6年ぶりだった。知らないうちに、大人の顔になっていた。

明かり変わると、陸が戻っていて、香寿美を見つめている。

俊也、近づき、

俊也　ありがとう。お前が知らせてくれたんだな。

陸　……。（香寿美を見ている）

俊也　おばあちゃんとは、よく会ってたのか？

陸　……。

俊也　二十歳になったんだな。おめでとう。大きくなったな。大学はどうだ？

陸　……。

俊也　陸。

俊也の携帯が鳴る。

俊也、少し離れて着信表示を見る。

迷い、病室を出る。
それを無言で見送り、香寿美を見つめる陸。
と、香寿美が少し動き、小さい声を漏らす。

2

陸　……おばあちゃん。

香寿美、さらに首を動かす。

陸　おばあちゃん！

香寿美　(うめき声)

陸　おばあちゃん、大丈夫？

香寿美、ゆっくりと目を開ける。

香寿美　……ここは？

陸　病院。

香寿美　病院……。

香寿美、起き上がろうとして、苦しそうな顔になる。

陸　ダメだよ。寝てないと。しばらく安静だってお医者さんが言ってたよ。

香寿美　安静……。どうして？

陸　倒れてたんだよ。玄関で。

香寿美　倒れてた……。

陸　うん。だから、驚いて救急車、呼んだの。覚えてない？

香寿美　健二郎《けんじろう》さんが呼んでくれたのね。

陸　えっ？

香寿美　ありがとう。

陸　救急車呼んだのは、僕だよ。おばあちゃん。

香寿美　おばあちゃん？　健二郎さんたら、もう。私、そんなに疲れた顔してる？

陸　……陸だよ。分かる？　おばあちゃんの孫の陸。

香寿美　その冗談面白くない。

陸　おばあちゃん……。

香寿美　もう、健二郎さん。いいかげん、怒るわよ。

と、俊也が戻ってくる。

俊也　（ベッドに近づき）気がついた？
香寿美　……？
俊也　母さん。大丈夫？
香寿美　母さん？　あの、どなたですか？
俊也　えっ？……母さん。俊也だよ。
香寿美　俊也？　どこの俊也さんですか？
俊也　何言ってるの、息子の俊也だよ。母さん。
香寿美　私に息子はいません。
俊也　息子はいない？
香寿美　当たり前でしょう。私をいったい、いくつだと思ってるんですか？　二十歳《はたち》ですよ。
俊也　二十歳？
香寿美　分かってますよ。幼く見えるって言いたいんでしょう。未熟であることが、私の「二十歳《はたち》の原点」なんです。ねえ、健二郎さん。この方知ってる？
俊也・陸　えっ？
俊也　健二郎……。健二郎ですか？
香寿美　知ってる人じゃないの？
俊也　（陸を指して）……この人は、桜庭健二郎さんですか？

香寿美　どうして私に聞くんですか？　おかしい（微苦笑）。（陸を見て）聞かれてますよ。
陸　え、ええ……。
俊也　（確信するように）桜庭健二郎さんなんですね……。
香寿美　（俊也に）あの、失礼ですが、健二郎さんとはどういう？
俊也　いや、その……

陸、俊也、お互いの顔を見る。

香寿美　あら、健二郎さんと顔が似ていますね。
俊也・陸　えっ？
香寿美　まさか……健二郎さんのお父さんですか？
俊也・陸　（曖昧な反応）
香寿美　そうなんですね。健二郎さんのお父さんでしょう。わざわざ、お見舞いに来ていただいたんですか？　すみません。やだ！　こんな形でお会いするなんて。こんなの、「アッと驚くタメゴロー」！
陸　タメゴロー？
俊也　（無理に笑って）目が覚めたので、お医者さんを呼びますね。

俊也、ナースコールのスイッチを押す。

香寿美　ありがとうございます。私も、どこが悪くて入院しているか知りたいです。健二郎さん、知ってる？

陸　いや、よくは分からないんだ。

女性看護師の声がする。

看護師（声）　どうしました？

俊也に明かり。

俊也　母親に聞かれないように、病室の隅で看護師に手短に事情を話し、しばらくして、医者がやってきた。医者は母親に名前と生年月日を聞き、母親は、

香寿美　佐野香寿美、昭和二十六年九月二十一日。

俊也　と正確に答えた。続けて、年齢はと聞かれ、

香寿美　二十歳です。

俊也　と言った。今日は、何年何月何日ですか？　という質問には、

香寿美　よく分かりません。

俊也　と、母親は少し不安そうに返した。

香寿美　先生。私はなんの病気なんですか？

俊也　医者は体調を聞き、今日は、念のために、病院に泊まった方がいいでしょうと言って、診察を終えた。医者が去ると、母親は疲れたのか、眠り始めた。

陸が香寿美を見ている。

陸　（独り言のように）健二郎……。

俊也　おじいちゃんの名前だ。

陸　えっ。

俊也　確かに、お前はおじいちゃんに似ている。

陸　おじいちゃん……

俊也　お前をおじいちゃんだと思ってるんだ。

陸　……

タイトルが映される。

「アカシアの雨が降る時」

看護師（声）　あの、先生がお呼びです。

タイトル消える。

明かりが変わる。

3

俊也　医者に呼ばれて、陸と二人で診察室に入った。医者はアルツハイマー型の認知症と思われると言った。

陸　アルツハイマー型認知症。

俊也　陸は、年に何回か、母親の家に遊びに行っていたが、ここ数年、おばあちゃんの様子が少しおかしかったと答えた。私は年に一度、正月に会うぐらいだったし、なるべく会話をしないようにしていたので、変化に気づかなかった。陸が最後に会った三カ月前は、物忘れが多かったのと料理の味が少し変だった以外は、普通の会話だったという。

陸　どうして二十歳なんですか？　おばあちゃんは、その、おかしくなったんですか？

俊也　医者は「タマネギ」を想像して欲しいと言った。タマネギの外側が、最近の記憶で、これが朽ちてはがれていき、結果として、芯の部分、昔の記憶が現れたのだと。この時、自分が一番輝いていた青春の記憶が残ることは、珍しいことではないと。自分のことを二十歳と思うことはよくあるし、孫を自分の夫だと思うことも症例としてはあると告げた。

陸　治るんですか？

俊也　陸が思い詰めた声で聞いた。医者は、少しためらい、「認知症を発症すると、残念ながら、

陸　元に戻るということはありません」と答えた。

俊也　そんな。

陸　「薬を飲むことで、病気の進行をゆっくりにする治療はできます」と。

俊也　ずっと自分のことを二十歳だと思うんですか?

陸　「意識が一時的に戻ることはあります。ですが、それは完全な回復ではありません」

俊也　これからどうしたらいいんですか?

陸　「認知症になっても、その人らしさや心は生きています」

俊也　心は生きている……。

陸　「そうです。ですから、患者の言うことを頭ごなしに否定しないこと。記憶は失われても、哀しみや苦しみは残るのです。心は生きているのですから。それでは、専門の治療をする病院をご紹介します」医者は、そう言って話を終わらせた。

俊也の携帯が鳴る。

明かり変わる。

俊也、着信表示を見て話し始める。

ベッドは見えなくなり、病院の廊下となる。

陸はいったん去る。

俊也　はい。桜庭です。これは、佐藤さん。どうしました？　え？　打ち切りの噂？　新社長が？　そんな……それで、先代の社長さんは？　そうですか。いえ、わざわざ、知らせていただいて、ありがとうございます。分かりました。早急に手を打ちます。

電話を切る俊也。
すぐに、電話をかける。

俊也　あ。今、木崎屋の常務の佐藤さんから電話があった。新社長、ウチの商品の打ち切りを考えてるらしいって噂だ。そうだ。いや、すぐに、新社長のアポ、取ってくれるか。そうだ。私が会う。お前も一緒だ。急げ。頼むぞ。

電話を切る俊也。
陸が戻ってくる。
俊也、それを見て、

俊也　陸、お前、どうする？
陸　……。
俊也　陸。

陸　……。
俊也　俺と口ききたくなくても、これからどうするかは、相談するしかないだろう。意地、張ってる場合じゃないぞ。
陸　……相変わらず、上から目線だな。
俊也　なに？
陸　意地なんか張ってない。ただ、あんたと口をききたくないだけだ。
俊也　……話さないと、どうするか分からないだろ。
陸　泊まるよ。
俊也　病院に泊まれるかどうか分からないんじゃないか？
陸　今、聞いたよ。
俊也　そうか。……俺も仕事が終わったら、また戻ってくる。そしたら、交代しよう。

陸、黙って去ろうとする。

俊也　どこに行くんだ？
陸　病室。

陸、去る。

俊也、追いかけようとすると、また、携帯が鳴る。

俊也、それを取りながら、

俊也　はい。桜庭です。えっ？　お聞きになられましたか。いえ、大丈夫です。ただの噂ですから。はい。今、至急、確認するために、はい、直接、新社長と会う約束を。もちろんです。契約は絶対に続けます。木崎屋さんは大口ですから。分かってます。任せて下さい。専務の顔に泥を塗るようなことは絶対に。はい。えっ……分かりました。すぐに戻ります。

と、言いながら去る。

暗転。

4

すぐに明かり。
ベッドが見えてくる。
傍に陸。
じっと香寿美を見つめている。
やがて、香寿美が目を覚ます。

陸　……気がついた？
香寿美　今、何時？
陸　10時ちょっと過ぎ。
香寿美　10時……（窓の明るさに気づき）朝の？
陸　うん。昨日からずっと寝てたよ。気分はどう？
香寿美　うん。なんだか、いい感じ。
陸　よかった。
香寿美　健二郎さん、まさか病室に泊まったの？

陸　！……うん。おばあ（すぐに言い直して）香寿美さんが心配で。
香寿美　ありがとう。「香寿美さん」だなんて。どうしたの？
陸　えっ？　いや、その、
香寿美　「香寿美ちゃん」でしょう？
陸　あ、うん。香寿美ちゃんが心配で。
香寿美　授業、大丈夫なの？
陸　授業？
香寿美　今日は、何曜日だっけ？
陸　今日は水曜日。
香寿美　じゃあ、授業、あるでしょ？　ひょっとしてフランス語？
陸　え？
香寿美　出席、うるさいんでしょ。私は大丈夫だから。
陸　いや、いいんだ。
香寿美　（ニヤリと）サボタージュ？
陸　ポタージュ？　スープが飲みたいの？　お医者さんに聞いてみないと。
香寿美　え？
陸　ポタージュはダメでも、コンソメぐらいならいいかもしれない。
香寿美　今日の健二郎さん、おかしい。

陸　えっ？
香寿美　「おぬし、やるな」
陸　おぬし⁉
香寿美　えっ？　ドッチラケ？
陸　ドッチラケ？
香寿美　アイムソーリー、ヒゲソーリー。
陸　（唐突に笑って、すぐにやめて）お医者さんに連絡するね。

と、ナースコールを押す。

香寿美　私、どこも悪くないから。

香寿美、ベッドから出ようとする。

陸　（止めて）どうしたの？
香寿美　私、行きたい所があるの。
陸　どこ？
香寿美　言わない。

陸　えっ？
香寿美　言ったら、健二郎さん、私を嫌いになる。
陸　どうして？
香寿美　それも言わない。言ったら、健二郎さん、私を嫌いになる。
陸　どういうこと⁉

香寿美、ベッドからおりる。

陸　ダメだって！　勝手に病院を出ちゃダメだよ。
香寿美　私は行かないといけないの。時間がないの。
陸　だから、どこに？　言わないと行けないよ。どこに行きたいの？
香寿美　村雨橋《むらさめばし》。
陸　村雨橋？　どこにあるの？
香寿美　知らない？　今、ニュースになってるよ。
陸　ニュース。
香寿美　じゃあ、行くね。
陸　どうして行きたいの？
香寿美　……ベトナムに送る戦車を止めたいの。

陸　えっ？
香寿美　今、市民が村雨橋の前で座り込んで、止めてるの。もう40日も。私も一緒に参加したいの。
陸　香寿美ちゃん……。
香寿美　ほら、健二郎さん。私のこと、嫌いになった。
陸　えっ？
香寿美　健二郎さん、政治の話するの、とっても嫌がるでしょう。私もずっとノンポリで、現実を見ないようにしてきた。でもね、私、やっぱり沈黙は共犯だと思うの。
陸　共犯？
香寿美　だから、村雨橋に行きたいの。

香寿美、また外へ行こうとする。

陸　ちょっと待って！
香寿美　健二郎さんは、ベトナム戦争をどう思う？
陸　ベトナム戦争⁉
香寿美　反対？　それとも賛成？
陸　えっ……いや、
香寿美　どうなの？

陸　…よく分かんないから。
香寿美　嘘。分かんないふりしてるだけでしょう？　ベトナム戦争よ。
陸　ベトナム戦争……。

陸、ポケットからスマホを出して調べようとする。

香寿美　何してるの？
陸　いや、スマホでちょっと調べて（ハッと）いや、なんでもない。

陸、スマホをポケットに戻す。

香寿美　今、市民が止めてる戦車はね、ベトナムでベトナム人を殺してきた戦車なの。相模原の米軍の修理工場に運ばれた時は、戦車に肉片がこびりついていたのを見たって人もいるの。それが、また日本で修理されて、ベトナムに送り返されるのよ。これって、日本がベトナム戦争に参加しているってことでしょう。健二郎さん、このことをどう思う？
陸　どうって……よく分からないな。（おもわず、自虐的に笑う）
香寿美　どうして笑うの？
陸　いや、分かんないものは分かんないから。

香寿美　健二郎さん。ドッチラケよ。賛成なの？　反対なの？
陸　看護師さん、来ないね。ちょっと呼んでくる。待っててね。

陸、慌てて去る。
残される香寿美。
香寿美、一瞬、ためらった後、部屋を出ようとする。
と、俊也が入ってくる。
俊也、起きて歩いている母親に驚く。

俊也　（おもわず）母さん。
香寿美　母さん？　何を言ってるんです。あの、どちらさまですか？
俊也　え、いや、昨日会っただろう。
香寿美　昨日？　いいえ。失礼します。

香寿美、部屋を出ようとする。

俊也　どこへ行くの？
香寿美　あなたに言う必要はありません。

俊也　まだ退院しちゃダメだよ。
香寿美　急ぎますから。
俊也　どこに行くの？
香寿美　戦車を止めにいくんです。
俊也　戦車⁉
香寿美　あなたはベトナム戦争に賛成ですか？　反対ですか？
俊也　えっ⁉
香寿美　私は反対です。あなたは？
俊也　いや、僕は……
香寿美　さようなら。

香寿美、出ようとする。

俊也　ちょっと待って。

俊也、おもわず香寿美の手を取る。

香寿美　放して。何するの？

俊也　病院出たらダメだよ！
香寿美　私はもうどこも悪くないの！
俊也　母さん！　しっかりしてよ！
香寿美　急ぐんです！
俊也　母さん！　僕だよ！
香寿美　私は母さんじゃない！　放して！
俊也　ベッドに戻って！
香寿美　助けて！　誰か！
俊也　母さん！　落ち着いて！
香寿美　あなた誰!?　助けて！　誰か!?
俊也　落ち着いて！
香寿美　(悲鳴)

ストップモーション。
明かり落ちる。
光の中に陸。

陸　病室から叫び声が聞こえてきたのは、ナースステーションにいる時だった。慌てて戻ると、おばあちゃんとあいつがもめていた。おばあちゃんはものすごく混乱していて、見たこともない顔をしていた。僕と看護師さんとでなんとかなだめて、お薬をもらって、おばあちゃんはまた眠りに落ちた。

俊也が急に現れる。

5

俊也　陸。物語の進行は、私の担当だ。（「医者は、」と言おうとして）

陸　（無視して）お医者さんは、アルツハイマー型認知症についてより詳しく説明してくれた。アルツハイマー型認知症の症状は、二つに分けられる。「中核症状」と「周辺症状」。

俊也　（話を取って）「中核症状」とは、まさに、アルツハイマー型認知症そのものの症状。自分のことを20歳だと思い込んでいるのがこれにあたる。だが、

陸　「周辺症状」は、切れやすくなったり、暴言を吐いたりする症状を言う。「中核症状」は、進行し続けるが、

俊也　「周辺症状」は、周りの丁寧なケアで抑えることができる。

陸　患者の思いを一方的に否定したり、行動を止めたりするのは、もっともやってはいけないことだと、お医者さんは強調した。まして、いきなり腕をつかむなんてのは、最悪の行動だ。人間としておかしい。

俊也　いや、そこまでは言ってないだろう。

陸　これからどうしたらいいんですかという僕の問いにお医者さんはこう答えた。

俊也・陸　「役者になりなさい」

俊也　相手がどんなことを言っても、
陸　否定するのではなく、
俊也　相手に合わせて、
陸　会話するのです。
俊也　役者になりなさい。
陸　役者になれば、
俊也　「周辺症状」は落ち着きます。
陸　認知症になっても、
俊也　その人らしさや、
陸　心はちゃんと生きているんですと
俊也　医者は繰り返した。
陸　それからお医者さんはすまなそうに、明日には退院して欲しいと告げ、専門の病院に行っても、入院はできないだろうと付け加えた。
俊也　認知症の患者は、全国に一千万人近くいて、いちいち入院していたら、医療崩壊が始まる。だから、在宅で介護するか、専門の施設に入所するか。
陸　お医者さんの説明が終わった後、僕はネットで「ベトナム戦争」について調べ始めた。

6

ベッドに寝ている香寿美が見えてくる。
傍に俊也と陸。
陸は椅子に座ってスマホを見ている。

俊也　……おばあちゃんとどんな話をした？
陸　……。
俊也　どんな話をしたんだ？　陸！
陸　命令するなよ。
俊也　命令じゃない。……お前もベトナム戦争に反対かどうか聞かれたか？
陸　……。
俊也　そうなのか？　お前、なんて答えたんだ？
陸　……（ずっとスマホを見ている）
俊也　……なんでベトナム戦争なんだろうなあ。母さんの20歳ぐらいの時か……。（スマホを取り出し、操作し始める）たしか、北ベトナムと南ベトナムが戦って、アメリカが南ベトナム側で……うわっ。ウィキペディア、すごい量だな。（さらに記事を探し）１９６０年代から始まって、終わりが１９７５年４月のサイゴン陥落か……。

陸　……。（スマホを見ている）

俊也　……しかし、母さん、政治的なことなんか言ったことなかったけどなあ……。

俊也の電話が鳴る。
俊也、それを見て一瞬ためらい、出る。

俊也　はい。もしもし。えっ？　アポが取れない？　どうして？　忙しい？　何言ってるんだ。電話じゃダメだよ。直接、行くんだよ。乗り込むんだ。そうだよ！

俊也、電話を切り、陸と香寿美をちらと見て、

俊也　陸。父さん、会社に戻らなきゃいけなくなった。また、すぐに来る。

俊也、去る。
陸のスマホが鳴る。
陸、表示を見て、出る。

陸　あ。もしもし。うん。病院。うん。今日も泊まる。あいつ？　いないよ。会社。うん。自分の母親より、仕事の方が大切なんだよ。大学？　いや、大丈夫。……大丈夫だって。大学なんて行ってる場合じゃないんだよ。おばあちゃんが……いや、いいんだ。え？　いや、いいいよ。コンビニで買うから。持ってこなくていいよ。病院に来たら、あいつと会うかもしんないよ。いつ戻ってくるか分かんないんだから。いいから。俺、もう二十歳だよ。自分でできるから。大丈夫。じゃ。

スマホを切る陸。
少し苛立っている。
別空間に妹の亜希子と電話している俊也。
（陸は見えなくなる）

俊也　もしもし？　あ、亜希子か。今、大丈夫か？　そっちは何時だ？　そうか、朝か。いや、母さんのことなんだがな。ちょっと、知らせとこうと思って。うん。アルツハイマー型認知症だって言われてな。うん。今日だ。うん。分かってる。帰って来いなんて言わないよ。帰るつもりもないだろうし。ただ、一応さ。うん。分かってる。

明かり落ちていく。
暗転。

7

暗闇の中、声が聞こえる。

陸（声）　香寿美ちゃん！　どこに行くの！

明るくなる。
ベッドから出ている香寿美。
驚いている陸。

陸　黙って行ったらダメだよ。
香寿美　健二郎さん、よく寝てたから。
陸　もうすぐ朝食だから。
香寿美　時間がないの。今、この瞬間にも、戦車がベトナムに送られるかもしれないの。急がないと。（行こうとする）
陸　待って！

香寿美　止めても私、行く。もう決めたの。
陸　……僕も行くよ。
香寿美　えっ？
陸　僕も一緒に行く。香寿美ちゃん独りでは行かせられないよ。
香寿美　私、座り込むよ。健二郎さんに止められても。
陸　ああ……。
香寿美　健二郎さん、すっごく怒ってる？
陸　……
香寿美　行きましょう。
陸　病院に言っておいた方が。
香寿美　言ったら、病院、許してくれるの？
陸　えっ、いや、
香寿美　ここは、ドロンよ。

と、忍者のポーズ。

陸　ドロン？
香寿美　女は黙って、ドロン。

香寿美、素早く去る。
陸、慌てて追いかける。

8

俊也の姿が浮かび上がる。

俊也　会わせて下さいよ！　長いつきあいじゃないですか！　どうしてダメなんですか？　忙しい？　待ちますよ。何時間でも待ちますから。直接、社長様に説明させて下さい。いえ、打ち切りの噂が耳に入りましてね。弊社のサービスが不満でしたら、直接、社長様からご要望をお聞きしたいじゃないですか。お願いしますよ。

俊也の声が聞こえなくなり、電車に乗っている香寿美と陸の姿が浮かび上がる。
香寿美と陸は座っている。
陸は話しながら途中で立ち上がる。

陸　山手線で品川駅まで行き、そこから京浜急行本線に乗り換え、東神奈川駅を目指した。おばあちゃんは、街の風景には興味を示さなかった。頭の中は、戦車のことでいっぱいで、現実の風景はどうでもよかったのかもしれない。ネットで「ベトナム戦争」と「村雨橋」

をあわせて検索すると、すぐに「村雨橋事件」が出てくる。残された写真や映像を見ていると、50年ほど前とはいえ、こんなことが日本であったなんてとても信じられない。

陸の言葉と共に、「戦車輸送阻止闘争」の当時のニュースフィルムが映される。

陸

1972年8月5日深夜0時50分、相模原にある米軍基地を出た、戦車5台を載せたトレーラーが、横浜港の米軍専用埠頭《ふとう》へと続く村雨橋の手前で、ベトナム戦争に反対する人々によって止められた。座り込んだ人々を排除しようとする機動隊に対して、当時の横浜市の飛鳥田《あすかた》市長は、「村雨橋は20トン以上の車両の無許可通行は禁止されている。M48戦車は46トン、それを載せたトレーラーは11トンであり、あきらかに車両制限令に違反している」と法的根拠を盾に抵抗した。座り込みは47時間続き、8月6日午後11時45分、戦車を載せたトレーラーは通行をあきらめ、相模原の米軍基地へと戻っていった。戦車を止めた。ベトナムに送られて、ベトナムの人々を殺す戦車を止めた。人々は熱狂し、すぐに、米軍基地の門の前に続々とテントが立てられ、座り込みや泊まり込みが始まり、多い時は、数千人の市民や活動家が集まった。こうして、8月5日から始まった戦車を止める戦いは、およそ100日間、続いた。

明かり変わる。

映像も同時になくなる。
香寿美、立ち上がる。

陸　でも、それは、今から51年も前の話だ。東神奈川駅の改札を出て、現在の村雨橋に向かいながら、どうしたらいいんだろうと考えていた。もしおばあちゃんが今の村雨橋を見て混乱したら。

現代の村雨橋に向かう映像が映る。
陸目線で、ゆっくりと近づいていく。

陸　横を歩いていたおばあちゃんが突然、話しかけてきた。
香寿美　私の実家が、この先の相模原なのね。この前、実家に用事があって、偶然、村雨橋の前を通ったの。そしたら、戦車が載った車の前でたくさんの人が座り込んでいたの。私、びっくりして、これはなんですか？　って聞いたら、中年の女性が、ベトナムに送る戦車を止めてるんだって、説明してくれたの。いろんな人が座ってて、彼女の横にはアメリカ人男性もいたの。女性は微笑みながら、あなたも参加する？　って言ったの。なんだかピクニックかお祭に誘われてるみたいだった。でも、私、座れなかった。両親の顔と健二郎さんの顔が浮かんだ。責めてるんじゃないの。座り込んで、大騒ぎになって、警察とか機動隊に捕まったら、私の人生どうなるんだろう。父親に叱られて、健二郎さんに嫌われて。そう思ったら、怖くて怖くて、私、村雨橋から走って逃げたの。私、卑怯者なの。だから、私、村雨橋に戻って来れることが本当に嬉しいの。

村雨橋の映像が見えてくる。

陸　村雨橋が見えてきた。青い手すりが両脇にある4車線の橋だった。ただ、車が行き交う、これといった特徴のない橋だった。橋の入り口まで来て、おばあちゃんの歩みが止まった。おばあちゃんは、理解できないものを見るような顔になった。

香寿美　……これは。……どうして？……どういうこと？

陸　僕はなんて声をかけていいか分からなかった。

香寿美　……どういうことなの⁉

陸　おばあちゃんは、橋の名前を探した。欄干《らんかん》の端にある小さな柱に「村雨橋」と書いてあった。

香寿美　（通行人に）すみません。アメリカ軍の戦車、どうなりました？　戦車、どこに行きました？　座り込んでいた人達はどうしました？

陸　通行人は、みんな驚き、戸惑った。口々に、「はあ？」「戦車？」「なんの話？」と返し、中には、かわいそうな人を見るような目の人もいた。

香寿美　どうして誰もいないの？　私はまた参加できないの⁉

香寿美、ふらふらとさまよう。

陸　香寿美ちゃん。帰ろう！

香寿美　すみません。戦車、どこに行きました？　戦車はどこですか？

陸　香寿美ちゃん！

香寿美、陸の手を振りほどき、

香寿美　みんなどこに行ったの⁉　戦いはどうなったんですか？

陸　香寿美ちゃん！　落ち着いて！

香寿美、混乱が高まっていくのが分かる。

俊也が飛び出てくる。

9

香寿美、俊也に向かって、

香寿美　戦車はどうなったんですか？
俊也　えっ？　戦車？
香寿美　どうなったんですか⁉
俊也　え、戦車は……
陸　（思わず）戦車は戻ったんですよね。
俊也　え、そうです、そうです。
香寿美　戻った？
俊也　はい。戦車はアメリカに戻りました。
香寿美　アメリカ⁉　アメリカに戻ったんですか？　どうして？

香寿美が混乱し始める。

俊也　あ、いえ、あの……
陸　違いますよね。アメリカじゃないでしょう?
俊也　そうです。アメリカじゃないです。戦車は、ベトナムに戻りました。
香寿美　ベトナム!?　そんな……。

さらに混乱する香寿美。

俊也　あ、いえ、あの、
陸　違いますよね。戦車はアメリカ軍の基地に戻ったんですよね。
俊也　そうです。戦車はアメリカ軍の基地に戻りました。
香寿美　アメリカ軍の基地?
俊也　はい。沖縄のアメリカ軍基地に戻りました。もう安心です。
香寿美　そんな……また、沖縄の人達を犠牲にして、
俊也　(戸惑う)
陸　違いますよね。相模原の米軍基地ですよね。
俊也　そう、相模原の米軍基地です。えっ?　どうして?
香寿美　どうして?
俊也　いえ、そうです。相模原の米軍基地です。

香寿美　相模原の米軍基地。……ということは、私達は勝ったんですか？
俊也　えっ？（思わず陸を見る）

陸、うなづく。

俊也　そうです。私達は勝ったんです。
香寿美　やったぜベイビー！　よかった。本当によかった。あなたは、関係者の方ですか？　どこかの政党とか？
俊也　とんでもない。私は、ただの市民ですから。
香寿美　それじゃあ、「ただの市民が戦車を止める会」の方ですね。
俊也　えっ？

思わず俊也、陸を見る。
陸、いそいでスマホで検索を始める。

香寿美　そうですね。だから、ただの市民だと。
俊也　ええ。そうです。それです。はい。私、たぶん、それです。
香寿美　たぶん？

俊也　いえ、そうに違いないです。いえ、それです。それにします。
香寿美　よかった。私もただの学生です。政治とか資本主義とか難しいことは分かりません。
俊也　僕もよく分かっていません。
香寿美　えっ？
俊也　あ、いえ。
香寿美　ごめんなさい。
俊也　えっ？
香寿美　私、間に合いませんでした。何の力にもなれませんでした。
俊也　そんな、いいんですよ。
香寿美　私、本当に恥ずかしいです。
俊也　いいんですよ。また、次の時にお願いしますから。
香寿美　次？　次があるんですか？
俊也　え。いえ、あの、（陸を見る）
陸　（激しく首を振っている）
俊也　ないですよ。もうないです。もう終わったことです。
香寿美　終わった？　ベトナム戦争は終わってないですよ。どうしてそんなことを言うんですか？
俊也　いや、それは、（陸を見る）
陸　（呆れている視線）

俊也　そうですね。終わってないですね。
陸　香寿美ちゃん。戦車は相模原に戻ったんだ。さあ、僕達も病院に戻ろう。
香寿美　（俊也に）確かにあなたの言っていることは正しいと思います。
俊也　えっ？
香寿美　絶対にまたアメリカ軍は戦車を送り出しますよね。今はあきらめたふりをしてるだけなんです。だまされたらダメですよね。
俊也　えっ、いや、それは、
香寿美　だからこそ、絶対に、出てこないようにしないといけないいんです。健二郎さん。私、今から大学に行きます。
陸・俊也　大学⁉
香寿美　まだ私のできることがある。大学で一緒に座り込んでくれる仲間を募集します。
陸　病院に戻らないと。
香寿美　健二郎さん。ごめんなさい。こんな私、嫌よね。でも、私、もう自分のプチブル根性にうんざりしてるの。
陸　ブルボンぷちシリーズ？
香寿美　健二郎さんは、授業に出て。私は大丈夫だから。（俊也に）待ってて下さい。私、きっとお力になれるようにがんばります。

香寿美、歩き出す。

陸　香寿美ちゃん！

俊也　（陸に）どうして黙って病院を抜け出したんだ⁉

陸　（無視して）僕は慌てて、おばあちゃんの後を追った。駅に向かう道とは正反対だった。

俊也　陸！

俊也、陸の体をつかんで止める。

10

陸　……命令しかしないんだな。
俊也　命令じゃない！　おばあちゃんにもしものことがあったらどうするんだ？
陸　うるさいな。
俊也　現に今だって、もう少しでおばあちゃん、暴れるところだったんだろ！
陸　あんたが来なければ、俺が独りでなんとかしたよ！
俊也　どうやって⁉
陸　どうやっても！
俊也　そんなこと、お前にできるのか⁉
陸　それが上から目線なんだよ！
俊也　上から目線じゃない！　父親だから言ってるんだ！
陸　父親らしいこと何もしてないくせに、言うんじゃねーよ！
俊也　なんだと⁉
陸　おばあちゃんは俺が面倒見る！　さっさと仕事に行けよ！
俊也　面倒なんて見れるわけないだろ！　一人前の口をきくな！

陸　いつまでも子供扱いするんじゃねえ！

　陸、進もうと前を見る。
　香寿美がいないことに気付く。

陸　あれ？　おばあちゃん？
俊也　（ハッとして周りを見る）えっ？　お母さん？
陸　香寿美ちゃん!?　どこ!?

　陸、走り始める。
　俊也も辺りを探し始める。

陸　香寿美ちゃん！
俊也　香寿美さん！

　二人、それぞれにバラバラな方向に走る。
　「香寿美ちゃん・さん！」と連呼しながら、舞台を出たり入ったり、客席を走ったり。
　香寿美は見つからない。

二人の息が上がっていく。
舞台に同時に戻り、二人、ちらりと視線が合う。
が、会話はない。
途方に暮れる二人。
と、香寿美の悲鳴がかすかに聞こえる。
ハッとして走り去る二人。
明かり落ち、光の中に俊也が現れる。

俊也　病院から、母親がいなくなったという連絡を受けて、すぐに実家に向かったが誰もいなかった。どこにいるんだと考えた時に、急に子供時代のことを思い出した。母親の両親の家に遊びに行った時、母親は橋を渡りながら「ここに戦車が止まっていたの」とつぶやいた。唐突に出てきた戦車という単語が、あまりにも母親と不似合いで、現実ともズレすぎていて、強烈な記憶として残った。

陸が浮かび上がる。

陸　おばあちゃんは、大きな交差点の片隅でうずくまっていた。道が分からなくて混乱して叫んだらしい。おばあちゃんは、僕の顔を見て、本当に助かったような表情をした。病院に

俊也　戻ろうと言うと「大学に行く」と答えた。
母親は俺を見て、戸惑った顔を見せた。さっき、会話したことも忘れているようだった。
そんな母親の姿を見たくなかった。話すことをずっと避けていた母親と、話したくても話せなくなってしまった。

陸　51年前、戦車を止めるために集まった5千人の市民や活動家を、6千人の機動隊が実力で排除した。最終的には、11月8日、国家が車両制限令を改正して、アメリカ軍の戦車はフリーパスで橋を渡れるようになった。そして、戦車はアメリカ軍の船に積まれ「ベトナムではなくフィリピンに向かう」と公式に発表されて出航した。こうして、約100日間の戦車を止める戦い、または混乱は、終わった。

暗転。

11

演説をしている香寿美の姿が浮かび上がる。
陸は周りでオロオロしている。
大学キャンパス。

香寿美　みなさん！　今、この瞬間にも、ベトナムでアメリカは、罪のないベトナムの人々を殺しています。ソンミ村では、無抵抗の村人５０４人を虐殺、そのうち7割が女性と子供でした。みなさん！　私と一緒に、村雨橋に座り込んで、戦車を止めませんか！　私はただの一般学生です。私と一緒に戦車を止める人を募集します！

陸　香寿美ちゃん。ダメだ。もうやめないと、追い出される。

香寿美　えっ？　どういうこと？

陸　大学の中で、勝手に演説なんかしちゃダメなの。

香寿美　健二郎さん、何言ってるの？　学生が自分の意見を言うのは当然の権利じゃないの。

陸　そうかもしんないけど、今の大学生はそんなことやんないの。やったら、警備員さんがすぐに来るの。

香寿美　健二郎さん。私の演説を止めたいからそんな嘘言うんでしょう。みなさん！　アメリカがベトナムに投下した爆弾の量は、今現在、第二次世界大戦の連合軍の３・５倍です。アメリカはベトナムの人々を、

警備員（声）　ちょっと、何やってんの！

香寿美、ストップモーション。

陸　予想通り、警備員が二人現れて、おばあちゃんを止めにかかった。おばあちゃんは混乱して、

香寿美　（動き出して）迷惑？　迷惑ってなんですか⁉　許可？　学生がキャンパスで主張するのに、なんの許可がいるんですか⁉

陸　香寿美ちゃん、落ち着いて！

警備員（声）　大学から出ろ！　構内でやるな！

香寿美　放して！　何するの！

陸　落ち着いて！

と、俊也が走ってくる。

俊也　すみません！　話は私が聞きます。
香寿美　あなたは誰です？
俊也　私は、学生自治会の委員長です。（陸に）そうだよな。
陸　えっ？　学生自治会？　そう、そうです。この人、学生自治会の委員長。
警備員（声）　は？　あんた何言ってるの？
俊也　（警備員に）もう大丈夫ですから。すみません。ちょっと事情があって。すみませんでした。

俊也、警備員を去らせるマイム。

香寿美　委員長？（俊也をしげしげと見る）
俊也　話は僕がうかがいます。
香寿美　（陸に）知り合い？
陸　えっ？　うん。
香寿美　ちょっと。

香寿美、陸を少し離れた所に導き、

香寿美　本当に委員長？
陸　うん。そうだよ。
香寿美　ものすごく老けてるんだけど。
陸　えっ？　ああ。あいつ、三十年浪人したんだ。
香寿美　三十年⁉
陸　うん。医学部狙ったから。
香寿美　椿三十浪《つばきさんじゅうろう》⁉　冗談はよし子さん。
陸　ホント。でもそこ突っ込むと、あいつ、すごく落ち込むから。
香寿美　インド人もびっくり。

香寿美、俊也に近づき、

香寿美　委員長ですね。
俊也　委員長です。
香寿美　私は、一般学生として、戦車を止める戦いに参加したいと思っています。
俊也　そうですか。それではゆっくりお話を、

と、俊也の携帯が鳴る。

俊也、一瞬、迷うが、

俊也　すみません。

と、香寿美から離れる。

香寿美　？　オルゴールを持ってるの？

陸　うん。オルゴール好《ず》きなんだね。

俊也　(電話に出る)　はい。え⁉　打ち切る⁉　正式に言われた？　おい！　どういうことなんだよ！　理由は？　味が好みじゃない？　冗談じゃない。そんなこと、社長になる前は一言も言ってなかったじゃないか⁉　当たり前だよ！　年間でいくらの損害になると思ってるんだ！　億超すぞ！　止めるんだよ！　はい、そうですかって受け入れられるか！　なんのために、十年以上、関係をつないでるんだよ！　分かってるよ！　社長に会えないんだから、先代の社長にアポ、取れ！　先代から説得してもらうんだよ！　決まってるだろ！急げ！

俊也、戻ってくる。

俊也　すみません。あの、急用ができて行かなければなりません。
香寿美　まあ、そうですか。
俊也　（陸に）連絡する。連絡先を、
陸　（香寿美に）委員長は頼りになりませんね。
香寿美　えっ？　そう？
俊也　……病院で。

俊也、去る。

12

香寿美　病院？
陸　さあ。（トボける）
香寿美　お友達？
陸　いや、友達というか……
香寿美　どんな関係？
陸　関係……。
香寿美　健二郎さん、見たことない顔してた。
陸　どんな顔？
香寿美　うん。怒ってるのに、すっごく悲しそうな。
陸　……どうする？　演説したら怒られるし。帰ろうか。
香寿美　大丈夫。

香寿美、目の前を歩いている人に話しかける。

香寿美　あの、ベトナムに送られる戦車を止めるために一緒に戦いませんか?

相手が、そそくさと去っていくことが分かる。

陸　香寿美ちゃん。

香寿美、めげずに、別の人に、

香寿美　すみません。あなたはベトナム戦争に反対するために何かしたいと思いませんか?

また、人が去っていくマイム。

陸　香寿美ちゃん。もうやめたら?

香寿美　一緒にベトナムに送られる戦車を止めませんか? 私は、一般学生です。

また、人が去っていくマイム。
香寿美は、また声をかける。
次の陸のセリフの間も、ずっと声をかけ続ける。

陸　おばあちゃんは何人も何人も声をかけ続けた。もちろん、話を聞く人はいなかった。高齢の女性に話しかけられて、親切に相手をし始めた人も、「ベトナム戦争」や「戦車」という単語が出た途端、逃げるように去っていった。それでも、おばあちゃんは、声をかけ続けた。何度止めても、おばあちゃんはやめなかった。1時間以上、声をかけ続けて、とうとう、

陸のセリフの終わりで、香寿美、フラッとよろめく。
陸、慌てて駆け寄り、支える。

陸　大丈夫⁉

香寿美　おかしいわ。これぐらいで疲れるなんて。

陸　ちょっと座ろう。

香寿美　うん。

陸　もうやめない？　誰も聞いてくれないんだから。

陸、ベンチに香寿美を座らせる。

香寿美　予想通りだから。

陸　えっ？

香寿美　私だって、いきなり話しかけられたら、絶対に逃げる。

陸　そんな……

香寿美　「ベトナム戦争」なんて言ってる人は、みんな過激派の暴力学生だと思ってた。

陸　暴力学生……。

香寿美　健二郎さんが大嫌いな人達ね。私も好きじゃない。デモとか見ても、なんか要求だけして、文句ばっかり言ってる人達だと思ってた。

陸　だったらどうして？

香寿美　戦争は絶対にダメだと思うから。

陸　……。

香寿美　なんかね、夢を見たの。私、結局、何もしないで自分が本当は何がしたいか分からないまま、大学を卒業するの。そして、私、ずっと、自分のしたいことをしないで生きていく夢。(照れて)その夢の中では、私、健二郎さんと結婚してるんだけど。でも、私、幸せじゃないの。

陸　えっ？

香寿美　ごめんなさい。違うの。健二郎さんと結婚したことじゃないの。自分のしたいことが分からないまま、生きてることが幸せじゃないって感じてるの。夢の話。すっごくリアルなん

陸　だけど、でも、夢。だから、私、とりあえず、したいことをしようと思ったの。
香寿美　……誰も参加してくれないかもしれないよ。
陸　それでもいいの。
香寿美　いいの？
陸　私もずっとそう思ってた。みんなが賛成してくれるかとか、周りが許してくれるかとか。私、自分で自分に枠を決めて、その枠から絶対に出ないようにしてきた。自分がしたいかどうかなんて関係なかった。
陸　戦車を止めることが、本当にやりたいことなの？
香寿美　分からない。
陸　えっ？
香寿美　本当にこれが唯一、自分のやりたいことかどうかは分からない。でも、分からないからって、何もしないのはもう嫌なの。
陸　……。
香寿美　……さて、もう一回、学友諸君に訴えますか。（と、立ち上がろうとする）
陸　まだやるの？

香寿美、フラッとする。

陸　香寿美ちゃん！
香寿美　どうしたのかな。今日はすっごく疲れてる。
陸　もう帰ろう。
香寿美　そうね。続きは、明日。
陸　明日？
香寿美　うん。明日は、一日中、ガンバルから。

香寿美、去ろうとする。
陸、ついていく。
暗転。

13

すぐに俊也に明かり。

俊也、深々とお辞儀している。

俊也　お願いします！　ほんの10分でいいんです。社長様と、ご子息と話す機会を作っていただけませんか？　いえ、木崎様がすべてを新社長様にお任せしていることはよく分かっております。そのご決断には深く感銘しております。ですが、木崎様が社長であられた時代から、御社とはもう10年以上のおつきあいをさせていただいております。それが、こんな形で終わりというのは……お願いです！　一度だけでも、直接、ご事情をお聞かせ願えれば、それだけで充分でございますから。木崎様！　息子さんを説得していただきたいのではありません。ただ、5分でも10分でも、お会いできる時間を作っていただけないかという、厚かましいお願いでございます。この通りです！

俊也、土下座する。

俊也　お願いします！　5分でも、3分でも、お願いします！　え？……はい。分かっております。もちろんです！　お口添えをいただけるだけで充分です。ありがとうございます。よろしくお願いいたします！

間

木崎が去った雰囲気。
俊也、立ち上がる。
携帯が鳴る。

俊也　はい。桜庭です。はい。いえ、先代の社長はノータッチだと。はい。いえ、ですから、今、先代の社長に口利きをお願いしました。直接会って、説得します。分かっています。絶対になんとかします。

電話口から激しい罵りの言葉が漏れ聞こえてくる。
「お前のミスだぞ！」

俊也　すみません。

「何してたんだ！」

俊也　申し訳ありません。

「もし打ち切られたらどうなるか、分かってるんだろうな！」

俊也　分かっております。はい。状況が変わり次第、すぐにご連絡します。大丈夫です。専務の顔には絶対に泥を塗りませんから。はい。失礼します。

電話を切る。

深い溜め息。

と、また電話。

表示を見て、驚いた顔をする俊也。

ためらい、やがて出る。

俊也　もしもし。どうしたんだ？　えっ？　いや、今は病院じゃない。……いや、俺は頼んでないよ。嘘じゃないよ。陸が一緒にいたいって言うから。いや、分かってるよ。ずっと陸に頼むわけないだろう⁉　だから、施設を考えてるよ。なんだよ？　それが、5年ぶりに言う言葉かよ。えっ？……陸が？　大学をやめる？　学費を、払ってない？……ああ。連絡するように言うよ。じゃあ、陸の携帯番号、教えろ。あ、メールで送って。ああ。分かったよ。

俊也、乱暴に電話を切る。
溜め息ひとつ。
そして、頭を掻きむしる。

14

香寿美の家
陸の姿が見えてくる。

陸　病院に戻り、おばあちゃんは、お医者さんと少し話した後、あっさりと退院が決まった。これからの詳しいことは、あいつに伝えるとお医者さんは言った。僕はおばあちゃんを連れて、おばあちゃんの家に戻った。

香寿美が登場。
珍しそうに周りを見ている。

香寿美　健二郎さん。ここはどこ？
陸　えっ？
香寿美　私、自分の家に帰りたいんだけど。
陸　え、うん。香寿美ちゃん、どこに住んでたっけ？

香寿美　何言ってるの。高円寺のアパート、健二郎さん、来たことあったでしょう。
陸　ああ。うん。……それがね、香寿美ちゃん、一人で倒れたでしょう。原因がまだよく分かってないから、誰かと一緒に住みなさいって。それが退院の条件で、定期的に病院に来てって。
香寿美　定期的。
陸　うん。香寿美ちゃん、相模原の実家に戻る？
香寿美　それは嫌。ずっと家を出たかったんだから。
陸　でしょう。で、しょうがないから、ここに住むの。
香寿美　ここは？
陸　僕の家。
香寿美　健二郎さんの？（周りを見て）健二郎さんのご家族は？
陸　僕、一人なんだ。
香寿美　いいの？
陸　えっ？
香寿美　私、まだ嫁入り前よ。
陸　え、うん、でも、
香寿美　あ、もう、俺と結婚するに決まってるって思ってる？
陸　いや、その、

香寿美　しょってるう！

陸　しょってる？　何を？（と、背負うマネをする）

香寿美　ドッチラケ。健二郎さん、笑いのセンス、無さすぎ。「コント55号」見て、ナウでヤングな笑いを勉強しないとダメよ。

陸　ナウでヤング、マジか。

香寿美　あたし、大丈夫だけどなあ。顔色、悪い？　鏡はどこだろ？

陸　えっ？　あ、いや、（慌てる）

香寿美、見つけた鏡に近づく。

香寿美　あら。このおばあさん、誰だろ？

陸　えっ？

香寿美　若い頃はさぞかし綺麗だったでしょうね。ううん。今でも、イカしてるじゃない。バッチグーよ。

陸　バッチグー。香寿美ちゃん、それ……

香寿美　あら。

香寿美、歌本を取り上げて、パラパラと見る。

香寿美　この本、健二郎さんの？
陸　いや、違う。
香寿美　不思議。古い本なのに、みんな新しい歌。すごい。あたし、ほんとはね、このさい、言っちゃおう。
陸　まだなんか言うことあるの？
香寿美　テニスサークルじゃなくて、音楽サークルに入りたかったの。
陸　音楽サークル。
香寿美　でも、両親が許さなかったの。「大学の音楽サークルは、アカのたまり場だっ！」って。
陸　アカ？　不潔なの？
香寿美　え？
陸　お風呂に入ってないの？
香寿美　そうね。活動ばっかりやってる人は、お風呂に入ってないかもね。
陸　清潔好きな両親なんだね。
香寿美　音楽サークルでいっぱい、歌を歌いたかったの。……あ、でも、後悔してないよ。テニスサークル入ったから、健二郎先輩と出会えたんだから。
陸　先輩？　あ、俺、先輩なんだ。
香寿美　なに、それ？　冗談のつもり？

陸　あ、いや（ごまかす）

香寿美　でもさ、ギター、弾きたかったの。

陸　ギター。

香寿美　キャンパスで、芝生に座って、音楽サークルの人達が歌ってるの。すっごく、うらやましくて。

陸　そうなんだ。

香寿美　こんな感じでギター、抱えて。ポロンと。

香寿美、ギターを弾く真似。
ギターの音色が聞こえてくる。

香寿美　（歌う）遠い世界に　旅に出ようか
それとも　赤い風船に乗って
雲の上を歩いてみようか
太陽の光で　虹を作った
お空の風をもらって帰って
暗い霧を吹きとばしたい

陸　なんて歌？
香寿美　『遠い世界に』よ。健二郎さん、大丈夫？　ボケたんじゃない？
陸　いや、ボケてはないと思う。
香寿美　じゃあ、また、笑えない冗談？　やっぱり、ダメね。
陸　いい歌だね。
香寿美　もっともっといい歌はあるわよ。
陸　見せて。

陸、香寿美の歌本を見ようとする。
チャイムが鳴る。

香寿美　お客さん？
陸　誰だろ。

陸、去る。

15

別空間（玄関）に俊也が現れる。
そこに、陸。
（会話の間に、香寿美は見えなくなる）

俊也　どういうことだ⁉
陸　……。
俊也　勝手に退院して、勝手に帰って！
陸　今日、退院しろって言われてただろ。
俊也　勝手にやるな！
陸　いつ来るか分かんないあんたを待てって？
俊也　……母親が連絡しろって言ってるぞ。
陸　え？
俊也　お前、授業料、払ってないんだって？
陸　なんで知ってるんだ？

俊也　母親が心配してたぞ。使っちゃったのか？
陸　……。
俊也　いくら足らないんだ？
陸　なんだよ、それ。なんでお前に電話するんだよ。
俊也　お前が電話にでないからだろ。
陸　ふざけんなよ。何、会話してんだよ！
俊也　元夫婦なんだから、会話ぐらいするだろ。
陸　ふざけんな！　もう帰れよ！
俊也　これからどうするか、分かってんのか？
陸　これから？
俊也　おばあちゃんは、施設に入れる。
陸　施設⁉　おばあちゃんが納得するわけないだろ。
俊也　他に方法がない。
陸　独りじゃなきゃ、いいんだろ。
俊也　え？　いや、俺は面倒見れない。仕事があって、
陸　あんたには期待してないよ。俺が一緒に住むよ。それなら、文句ないだろ。
俊也　それは、ダメだ。昼間はどうするんだ？　大学があるだろ。
陸　大学には行かないよ。

俊也　いや、そんな問題じゃない。戦車を止めたいってずっと言うぞ。今日みたいに外出したがるぞ。どうするんだ？

陸　なんとかするよ。

俊也　なんとかって？

陸　なんとかだよ。

俊也　どうやって⁉

陸　……。

と、香寿美が登場。

香寿美　健二郎さん。どうしたの？（俊也に気づいて）あ、こんにちは。（誰だろうという顔をする）

俊也　さっき、お会いしましたよ。

香寿美　さっき？

陸　あのさ、（忘れるんだから、刺激しない方が）

俊也　私、「ただの市民が戦車を止める会」のものです。

香寿美　ああ。これはこれは。ごくろうさまです。私も絶対に戦車を止めたいと思っています。

俊也　それが、悲しいお知らせです。

香寿美・陸　えっ？

俊也　たった今、戦車は相模原のアメリカ軍基地を出て、船でベトナムに送られました。
香寿美　ええ⁉　たった今⁉
俊也　はい。あまりにも素早い動きで、我々も態勢を整える前にバリケードを突破されました。
香寿美　そんな……。
俊也　ですから、残念ながら、我々の活動も終わりです。「ただの市民が戦車を止める会」は解散します。
香寿美　解散……。
俊也　とても戦車のことを気にして下さっていたので、一言、お伝えしようと思って。
香寿美　そうですか……。戦車は行ってしまったんですか。ベトナムの人達を殺しに……。
俊也　じつに、残念です。
香寿美　健二郎さん。
陸　はい。
香寿美　私、ちょっと横になる。気分が良くなくて。
陸　奥の部屋が寝室だから。すぐに行くから。

香寿美、去る。

陸・俊也　……。

俊也　明日、紹介された専門の病院に連れていく。お前の携帯番号、母親から聞いたから連絡する。

陸　……。

と、香寿美が戻ってくる。

香寿美　健二郎さん。

陸　はい。

香寿美　私、高円寺のアパートに戻るね。

陸　どうして？

香寿美　欲しいものがあるの。

陸　何？　僕が行くよ。あ、洋服とか下着はまとめて持ってくるから。

香寿美　高野悦子さんの『二十歳《はたち》の原点』。

陸　『二十歳の原点』？

香寿美　分かってる。健二郎さん、嫌いな本よね。でも、私は読みたいの。

陸　分かった。取ってくるから。香寿美ちゃんは、休んで。

香寿美　ありがとう。

香寿美、去る。

俊也　高円寺のアパート？
陸　……この家のことは覚えてない。ここは俺の家だって説明した。
俊也　自分の家を全然、覚えてないのか。
陸　ああ。
俊也　そうか。……施設のことも、明日、相談するつもりだ。
陸　俺は一緒に住むよ。

俊也の携帯に電話。
表示を見て、すぐに出る。

俊也　もしもし！　どうした？　えっ？　社長が会ってくれるって？　よし！　父親の言葉が効いたか。いつ？　明日!?　何時？　10時半？　場所は？　木崎屋本社。分かった！　ああ。打合せをしよう。

俊也、陸を見る。

陸　行けよ。

俊也　……連絡する。

俊也、去る。

陸も反対方向に去る。

16

『二十歳の原点』の表紙の映像が浮かび上がる。
続いて、高野悦子さんの写真も。
そして、熱心に本を読んでいる陸の姿が浮かび上がる。
陸の声が聞こえてくる。

陸（声）『二十歳の原点』。１９６９年、20歳と6カ月で鉄道自殺を遂げた立命館大学の学生、高野悦子の最後の半年間の日記。彼女は、人間関係や恋愛、学生運動に悩み、生きる意味を求めて揺れ動く心を克明に日記に綴った。自殺の前日まで彼女は日記を書き続けた。１９７１年に出版されると、多くの若者の共感を呼び、現在までに２３０万部のベストセラーになっている。

そして、文章が映される。
同時に、香寿美の声が響く。

香寿美（声）　私は慣らされる人間ではなく、創造する人間になりたい。「高野悦子」自身になりたい。テレビ、新聞、週刊誌、雑誌、あらゆるものが慣らされる人間にしようとする。私は自分の意志で決定したことをやり、あらゆるものにぶつかって必死にもがき、歌をうたい、下手でも絵をかき、泣いたり笑ったり、悲しんだりすることのできる人間になりたい。

陸、ページをめくる。

香寿美（声）　私は弱い
自分が何をやりたいのかさえわからない
それでも朗らかに人と話し笑う
しかし　ふっと気づく
なぜ笑い　話をするのだと不安になる
その時、目に見えぬ世界が知らぬまに
私の体を動かしているのに気づく
それは地主の世界なのか
サラリーマンの世界なのか
マルクスの世界なのか
資本の世界なのか　何もわからない

私の世界が私の知らぬまに存在している
なんだかわからぬものによって
私は動かされている
激しい感情に身をまかせもせず
生きる情熱もうせているまま

ページをめくる陸。

香寿美（声）「独りであること」「未熟であること」、これが私の二十歳の原点である。

ページをめくる陸。

陸（声）日記の一番最後、つまり自殺する前日は、一編の詩で終わっている。

香寿美（声）旅にでよう　テントとシュラフの入った

と、陸の携帯が鳴る。

陸、表示を見てためらい、そして出る。

陸　もしもし。

陸の母親、木村瞳子の映像が映され、声が聞こえてくる。（または、声のみ）

瞳子（声）　陸。あんた、なんで電話出ないのよ。
陸　出たじゃん。
瞳子（声）　何してるの？
陸　だから、おばあちゃんの面倒見てるんだよ。
瞳子（声）　そんなの、あいつに任せればいいじゃないの。
陸　あいつはずっと仕事してるよ。
瞳子（声）　頼まれたんでしょ？　そんなの断っていいんだから。
陸　頼まれてなんかないよ。俺が、おばあちゃんの面倒を見たいんだよ。
瞳子（声）　今日はどうするの？　帰ってくる？
陸　おばあちゃんの所に泊まるよ。
瞳子（声）　えー!?　今日も帰ってこないの？　三日もママを独りにするの!?
陸　俺、ここに住むから。
瞳子（声）　は？

陸　俺、おばあちゃんと一緒に住む。
瞳子（声）冗談はやめてよ。
陸　冗談じゃないよ。俺がそうしたいんだよ。じゃ。
瞳子（声）ちょっと待ちなさい！　大学はどうするのよ？　授業料、振り込んだの？
陸　……。
瞳子（声）陸！　あいつになんか言われたの？　大学なんか意味ないって？　陸、分かってるの？
陸　あいつは、クズで最低の人間だろ。分かってるよ。
瞳子（声）そうよ。あいつの言うことなんか聞いてたら、陸がダメになるのよ。分かってるの？
陸　俺がどうするか、俺の自由だろ。母さんは関係ないよ。
瞳子（声）何、その言い方!?　誰に向かって口をきいてるの!?
陸　誰が育てたんだって言いたいの？
瞳子（声）そうよ。母さんがどれだけ苦労して、陸を育てたと思ってるのよ！
陸　俺、産んでくれとも、育ててくれとも言ってないよ！
瞳子（声）陸！　その口のきき方は何!?
陸　うるさい！　放っといてくれ！

陸、電話を切る。

映像の瞳子、すぐに電話をかける。
再び、鳴る陸の携帯。
陸、操作して、電話を切る。
映像の瞳子、混乱しながら消える。

陸　……。

香寿美が現れる。

17

香寿美　健二郎さん。
陸　！……起きてたの？
香寿美　ええ。
陸　寝てなくて、大丈夫？
香寿美　電話の相手、お母さん？
陸　えっ。
香寿美　ごめんなさい。つい、聞こえたから。
陸　……うち、シングル・ペアレントでさ。
香寿美　えっ？
陸　あ、母親が独りで、僕を育ててくれたんだ。
香寿美　……そうなの。
陸　大変だったと思うんだよ。それは感謝してるんだ。でも、
香寿美　でも？
陸　小学校6年生の時に離婚したんだけど……。学校から帰ったら、父親の荷物が全部、なく

香寿美　なっててさ。父親の本もお箸も服も。洗面所の歯ブラシもヒゲソリもなくてさ。その日から、毎日、母親は父親の悪口、言い続けた。
陸　……。
香寿美　もともと、離婚の原因が父親の浮気だったからさ、父親、悪く言われるのは当然なんだけど。でも、僕にとっては大切な父親だからさ。
陸　うん。
香寿美　離婚した後も、一カ月に一回は会ってたんだ。仲悪くなかったから。でも、会った日に家に帰ると、母親が荒れるんだ。なんか、自分がやっちゃいけないことをしたみたいな気がしてさ。父親への悪口を聞くのもしんどくて。あんまり、つらいから、つらくなくなる方法を見つけたの。
陸　どうしたの？
香寿美　僕も父親を憎んだの。
陸　えっ？
香寿美　そしたら、母親の悪口が平気になったの。母親と一緒に父親をクズで最低の人間って思ったら、全然、つらくなくなったの。結局、1年で会うこともやめた。
陸　もう会ってないの？
香寿美　えっ？……いや、最近、会った。
陸　どうだったの？

陸　どうだったのか……自分でも分からない。
香寿美　分からない？
陸　うん。自分で自分の感情が分からない。
香寿美　健二郎さんでもそんなことがあるんだ。
陸　えっ？
香寿美　私なんかと違って、健二郎さんはうんとしっかりしてるのに。
陸　しっかりなんてしてないよ。独りだし、未熟だよ。
香寿美　えっ……それ、

陸、『二十歳の原点』を差し出す。

陸　これ。
香寿美　（本を受け取り）ありがとう。高野悦子さんと私、共通点が二つあるの。
陸　何？
香寿美　二十歳で独りで未熟なことと、
陸　それと？
香寿美　息が詰まりそうになると、歌を歌いたくなること。

陸、辺りを見て、歌本を見つける。

陸　これ？

香寿美　そう。

陸　なんか、元気になる歌、ある？

香寿美　元気？

陸　そう。

香寿美　そうねえ……（と、本をペラペラと見て）落ち込んだ時に、景気をつけるなら、これかなあ。

と、歌本のページを広げて、陸に渡す。

陸　どんな歌？

ポロロンと聞こえてくる。

（『友よ』岡林信康）

香寿美　友よ　夜明け前の闇の中で
友よ　戦いの炎をもやせ

夜明けは近い　夜明けは近い
友よ　この闇の向こうには
友よ輝くあしたがある

陸、歌本を見ながら、歌い始める。

陸

友よ　君の涙　君の汗が
友よ　むくわれるその日がくる
夜明けは近い　夜明けは近い
友よ　この闇の向こうには
友よ　輝くあしたがある

香寿美と陸、二人でハモる。

香寿美・陸

友よ　のぼりくる朝日の中で
友よ　喜びをわかちあおう
夜明けは近い　夜明けは近い
友よ　この闇の向こうには

友よ　輝くあしたがある

歌、終わる。

陸　香寿美ちゃん、この歌、よく歌ってたの？　あ、いや、歌ってるの？

香寿美　ううん。全然。どっちかっていうと嫌いな歌。

陸　嫌いなの⁉　じゃあ、なんで、

香寿美　嫌いなんだけど、好きなの。うんと嫌いで、うんと好きなの。鼻血ブーッよね。

陸　鼻血ブーッ……。

香寿美　健二郎さん。もし家庭を持つなら、専業主婦になって欲しいって言ってたでしょ。それって、離婚と関係ある？

陸　えっ？

香寿美　ごめん。関係ないなら、いいの。

陸　香寿美ちゃん、働きたいの？

香寿美　全然。健二郎さん、家庭に入って欲しいんでしょ。じゃ、もう寝ようか。

陸　うん。僕は隣の部屋で寝るから。トイレ、行くね。

陸、去る。

香寿美、『二十歳の原点』の裏表紙を取り、そこに書いてあるメモを見る。

香寿美　……連絡しよう。

暗転。

18

木崎屋　社長室

俊也が見えてくる。

緊張している。

俊也　木崎社長、わざわざ、お時間を取っていただいてありがとうございます。

木崎社長の映像が見えてくる。（または、声のみ）

木崎（声）　親父がどうしてもって言うからさ。

俊也　先代の社長さんから、長いおつきあいをさせていただいております。これからも、ぜひ、

木崎（声）　会ったからもういいよね。

俊也　えっ？

木崎（声）　俺、あんたんとこの味、嫌いなの。ウーロン茶もオレンジジュースもジンジャエールも全部。それが、打ち切りの理由。

俊也　待って下さい。弊社としましても、できるだけのサービスを、価格を含めてやらせていただきますから。

木崎（声）　もういいから。じゃ、そういうことで。

俊也　社長！　お願いです！

木崎（声）　しつこいんだよ！（インターホンに）村田君。アオイビバレッジさん、お帰りだよ。

社長の映像、消える。

明かり、変わる。

携帯が鳴る。

画面を見て、ためらい、ようやく取る。

俊也　はい。今、話しました。いえ。取り消していただくことができませんでした。それが……我が社の商品の味が好きではないと。はい。……もちろん、言いましたよ。できるだけのサービスはすると。当たり前じゃないですか。いえ、すみません。はい、違うと思います。たぶん、どこかが取り入ったんじゃないかと。そんなこと分かりませんよ。どこかですよ。……いえ、私の責任です。分かっています。本当に申し訳ありませんでした。新規開拓して、絶対に取り返しますから。はい。はい。分かっています。これから、報告に戻ります。

スマホをしまう俊也。

頭を掻きむしる。

暗転。

「おかけになった電話番号は現在、つかわれておりません」というアナウンスが何回も重なって流れる。

19

病院　待合室

明かりつくと、香寿美と陸が出てくる。香寿美はバッグを持っている。

香寿美　ねえ、健二郎さん。なんの診察だったの？　私はなんの病気？

陸　あとでお医者さんに聞いとくね。月に一回は来なさいって言われたでしょう。

香寿美　私、全然、平気なのに。

と、俊也が出てくる。

俊也　ケアマネージャーさんとちょっと話す。これからの相談だ。

陸　俺も話す。

俊也　しかし（と、香寿美を見る）

陸　今、どこにいる？

俊也　受付で待ってもらってる。

陸　香寿美ちゃん。隣の喫茶店で待っててくれない？　ちょっと、人と話すんで。
香寿美　えっ。そう？
俊也　おい。

陸、俊也の反応を待たずに去る。
俊也、香寿美と目が合う。

香寿美　こんにちは。
俊也　……こんにちは。
香寿美　健二郎さんのお知り合いですか？
俊也　えっ。ええ。まあ。
香寿美　あなたも喫茶店に行きますか？
俊也　はい。

二人、場所を移動する。
と、西田佐知子の『アカシアの雨がやむとき』が店内ＢＧＭとしてかすかに流れてくる。

香寿美　あ。

俊也　あ。
香寿美　ご存知ですか？『アカシアの雨がやむとき』。
俊也　そういうタイトルですか。……母がよく歌ってました。
香寿美　あら、お母さんが。この歌、好きですか？
俊也　えっ？……子供の頃は、どっちかって言うと嫌いでした。
香寿美　どうして？
俊也　なんか暗くて。でも、今、聞くと、母のことがいろいろと思い出されます。……コーヒーでいいですか？
香寿美　紅茶を。
俊也　（店員に）コーヒーと紅茶。……この歌、好きですか？
香寿美　この歌を好きだって言うと、軟弱だって怒られました。60年安保の敗北の歌だって。
俊也　どういう意味です？
香寿美　戦うことをあきらめた人間の歌だって。
俊也　……。
香寿美　……あなた、秘密は守れますか？
俊也　えっ？……ええ。
香寿美　必ずですよ。
俊也　はい。

香寿美、バッグから『二十歳の原点』を取り出し、その表紙を剝がし、裏表紙を見せる。

香寿美　ここに、電話番号が書いてあるでしょう？
俊也　あ、この数字は電話番号ですか。
香寿美　この番号に電話してくれませんか。私が何回かけても、なぜか通じないんです。
俊也　はあ……
香寿美　電話して、「佐野香寿美が、山口さんからの依頼を引き受けます」と伝言して欲しいんです。
俊也　なんの依頼ですか？
香寿美　それは言えません。このことは、健二郎さんにも内緒です。お願いできますか？
俊也　……分かりました。
香寿美　(周りを見て) すぐにしまって下さい。

俊也、バッグに『二十歳の原点』を入れる。

暗転。

20

陸の姿が浮かび上がる。
歌本を持って、歌い始める。
（『これが僕らの道なのか』五つの赤い風船）

陸

今も昔も変わらないはずなのに
なぜこんなに遠い
ほんとの事を言って下さい
これが僕らの道なのか

荒い風に吹かれても続くこの道を
僕らの若い力で歩いて行こう
今も昔も変わらないはずなのに
なぜこんなに遠い

ほんとの事を言って下さい
これが僕らの道なのか

輝く大きな森の中に足を踏み込めば
若い力のかけらもなくあるのは死にたえた草木

間奏の間に、携帯で電話している俊也の姿が浮かび上がる。

俊也　もしもし、佐藤部長ですか。ご無沙汰しております。アオイビバレッジの桜庭です。我が社も新製品が続々と発売されておりまして。また、取り引きをお願いできないかと思いまして。お時間をいただけましたら、すぐにご説明に伺います。え、あ、そうですか。分かりました。どうも失礼しました。

俊也、すぐに登録している別の電話番号に電話。

俊也　もしもし。アオイビバレッジの桜庭です。ご無沙汰しております。上川部長はお変わりありませんか？　あ、すみません。また、かけ直します。

陸　今も昔も変わらないはずなのに
なぜこんなに遠い
ほんとのことを言って下さい
これが僕らの道なのか
(何度かリフレイン)

歌のバックで、俊也が電話している風景。
声は聞こえない。
歌が終わる。
陸の姿は見えなくなる。
俊也、また、別の電話番号に電話しようとすると、着信。

俊也　あ。もしもし。いや、変わらない。相変わらずだ。ずっと二十歳だと思ってる。うん。亜希子、話したくない気持ちは分かるけど、実家に電話してみてくれないか。亜希子の声を聞いたら、なんか変わるかもしれない。いや、分かるよ。二度と話したくない気持ちは分かるけど、なんか、事態が改善するかもしれない。いや、無理にとは言わないけど。うん。それじゃ。

電話を切る俊也。
また、電話番号を検索して電話する。

俊也　あ、もしもし、私、アオイビバレッジの桜庭と申します。高田専務はいらっしゃいますか？

暗転。
チャイムの音。
明かりつく。
陸と俊也が入ってくる。

俊也　母さんは？
陸　もう寝てる。
俊也　そうか。
陸　施設の話ならしないから。
俊也　今日、母さんから電話番号を渡された。ここに電話して欲しいって。
陸　えっ？

俊也、『二十歳の原点』の裏表紙を見せる。

俊也　『二十歳の原点』の裏表紙にメモしてる。

陸　……なんの番号?

俊也　分からない。

陸　分からない?

俊也　市外局番が3桁しかない。昔の電話番号だ。

陸　3桁。

俊也　国会図書館に行って、昔の電話帳を一冊ずつ調べても、引っ越してたら意味ないだろう。

陸　……。

俊也　ここに電話して、連絡を取りたがってた。母さんの、おばあちゃんの次の目標だ。

陸　次の目標……

俊也　次に何するか。突き止めないといけない。

陸　どうやって?

俊也　それを相談したい。

陸　……。

暗転。

21

電話の音。
明かりつく。
陸が家の電話に出ている。

陸　ちょっとお待ち下さい。香寿美ちゃん、電話！

香寿美、出てくる。

香寿美　電話？　私に？
陸　なんでも、山口さんから頼まれたこと、だって。
香寿美　山口さん……（ハッと）そう。健二郎さん、私、コーヒー飲みたい。作ってくれる？
陸　分かった。

陸、去る。

香寿美、電話を取る。

別空間に俊也が携帯で通話しながら登場。

香寿美　もしもし。

俊也　もしもし。佐野香寿美さんですか。

香寿美　はい、そうです。

俊也　山口さんに頼まれた件です。お引き受け下さるとお聞きしました。

香寿美　はい。よろしくお願いします。

俊也　ありがとうございます。

香寿美　それで、いつになりますか?

俊也　いつがいいですか?

香寿美　こっちはいつでもいいです。ここの住所はお分かりですか?

俊也　ええ。連絡をくれた方からうかがいました。

香寿美　そうですか。では、今日ですか?

俊也　さすがに今日というわけには。

香寿美　そうですよね。物じゃないんですから。簡単には移動できませんよね。

俊也　ええ。（探りながら）物じゃないんですから。

香寿美に気づかれないように、陸も顔を出して聞いている。

香寿美　到着の正確な時間が分かれば、安心なんですが。
俊也　安心ですか。
香寿美　ええ。近所の人達に見られたくないですから。
俊也　そうですね。正確な時間が分かったら、お伝えします。
香寿美　明日ですね。
俊也　たぶん、そうなります。
香寿美　じつは、同居している人がいまして。彼には、留学生を預ったことにしたいんです。
俊也　留学生ですか。
香寿美　はい。何かの勉強をしにきたとお伝え下さい。決して、本当のことは言わないようにと。
俊也　本当のことですね。
香寿美　その方はどれぐらい日本にいらっしゃるんですか？
俊也　どれぐらい？……あー、半年です。
香寿美　半年も。おいくつなんですか？
俊也　おいくつ？……ええと？

香寿美　十代？　二十代？
俊也　んー、二十代かな。ええ。
香寿美　立ち入って申し訳ないんですがこれから行く人ですか？　それとも、帰ってきた人ですか？
俊也　行く？（戸惑いの声）それは、すみません、ちょっと分かりません。すぐに調べます。
香寿美　それによって、ストレスがずいぶん違うと思うんです。ベトナムでどんな地獄を見たか。

俊也と陸、ビクッとする。

俊也　そうですね。どんな地獄をベトナムで見たか……。
香寿美　その方に、安心していらっしゃるように伝えて下さい。それじゃ、明日ですね。
俊也　はい。ベトナムですもんね。
香寿美　お待ちしてます。時間が決まったら教えて下さい。迷わないように、玄関の外で、お待ちしてますから。
俊也　分かりました。ベトナムということで。
香寿美　それでは。
俊也　ベトナムですから。

香寿美、電話を切って去る。
陸も同時に引っ込む。
俊也、携帯を切って呆然とする。

22

と、一度引っ込んだ陸が出てくる。
そこは、家の近くになる。

陸　どうだった？　何が分かったの？
俊也　……いや、それが……どういうことだ⁉
陸　何⁉
俊也　母さんの話をそのまま想像すると、ベトナムに関係する人を引き受けるってことだ。
陸　ベトナムに関係する人……
俊也　いったい、誰だ⁉
陸　ひょっとして、まさか……（スマホを操作し始める）
俊也　なんだ？
陸　ベトナム戦争のこと、いっぱい、調べたんだ。それで……これだ！
俊也　なんだ⁉
陸　脱走兵。

俊也　脱走兵⁉
陸　ベトナム戦争中、ベトナムに行くのを拒否して、アメリカ軍兵士が何十人も日本で脱走したんだ。
俊也　なんだって⁉
陸　それを日本人が匿《かくま》った。
俊也　匿った⁉　どうして？
陸　ベトナム戦争に反対するために。
俊也　全然、分かんないじゃないか！（ハッと）ええ⁉　母さんは脱走兵を匿って、犯罪者になるってことか？
陸　（スマホを見ながら）いや、アメリカ軍の脱走兵を匿っても、日本人を裁く法律はなかった。だから、罪にならないんだ。
俊也　罪にならない？　脱走兵、匿っても無罪なのか⁉
陸　脱走兵は見つかったら、もちろんアメリカ軍に強制的に連れ戻されて、軍事裁判にかけられるんだけど。
俊也　兵隊は戦争に行くのが仕事だろう。そんな臆病者は裁かれて当然だよ。
陸　（スマホを見ながら）僕もそう思ってた。
俊也　えっ？
陸　（スマホを見ながら）マークという19歳の兵士は、脱走の理由を聞かれて、こう答えてる。

俊也　（読む）「私は殺人鬼ではありません。罪もない人を殺すのに、手をかけたくありません。だれも、不幸なベトナム人のように、生命をふみにじられ、奪われてはならないのです。私はアメリカの同胞に早く気がついてもらいたいのです。この戦争をやめさせるのです。殺されていく、不幸なベトナム人のことを考えてください。ちょっとの間だけでも、自分がベトナム人だと思ってみてください」

陸　そんなこと言うなら兵隊にならなかったらよかったんだよ。

俊也　この時、アメリカは徴兵制だから。

陸　……脱走した兵士はどうなったんだ？

俊也　ソ連を経由して、中立国スウェーデンに渡ったらしい。

陸　スウェーデン。なんか、映画みたいだな。

（スマホを見ながら）日本の「ベトナムに平和を！　市民連合」という団体が日本脱出を手配して、4人のアメリカ兵士が成功した後、マスコミに対して記者会見を開いた。大きな反響があって、日本中から、カンパや宿泊先の申し入れが殺到したと書いてある。

俊也　宿泊先って、

陸　次の脱走兵を泊めてもいいっていう提案だ。

俊也　そんな…母さんもその一人ってことか⁉

陸　そうなる。おばあちゃん、信じられない時代を生きてきたんだね。

俊也　そんな……全然理解できねえよ！

陸　……どうしようか？
俊也　どうしようかって？
陸　アメリカ兵。
俊也　……。

陸がじっと俊也を見ているのに気づく。

俊也　いや、無理だろ！　いくらアルツハイマー型認知症でも、無理だろ！
陸　役者になれって、お医者さんが言ったじゃないか。
俊也　お前、父親に何やらせるんだよ。
陸　アメリカ人脱走兵。
俊也　ハードル、高すぎだろ。お前、いくらなんでも、

俊也の携帯が鳴る。
俊也、一瞬、ためらって、出る。

俊也　はい。もしもし。え？　やよい軒さんが新規購入の可能性⁉　分かった。すぐに……いや、すまん。ちょっと今、動けなくてな。任せていいか。吉田と二人で行ってくれ。頼む。

電話を切る俊也。

陸　どうするか、相談しよう。

俊也　何か方法はあるはずだ。

暗転。

23

すぐに明かり。
玄関の外で、香寿美がそわそわしている。
陸が登場。

陸　香寿美ちゃん、大変だ！　ベトナム戦争は終わったよ！
香寿美　えっ？
陸　ベトナム戦争は終わったんだよ。
香寿美　（笑い出す）
陸　……香寿美ちゃん。
香寿美　健二郎さん、ボケたの？　いくら政治に興味がないって言っても、現実は無視できないのよ。ベトナム戦争が終わったら、大変なニュースになるんだから。
陸　でも、テレビでベトナム戦争をやってるっていうニュースも見ないよ。
香寿美　気づいた？　戦争の本当の姿を報道しすぎて、世界的な反戦運動が起こったから、最近じゃ、アメリカと日本の政府が情報をコントロールしてるの。

陸　そんな……。

陸、香寿美に見えないように、スマホを操作して、メールを俊也に送る。

香寿美　それで、健二郎さん。急なんだけどね、今日、アメリカから留学生がやってくるの。
陸　留学生。どうして⁉
香寿美　知り合いの知り合いに泊めるように頼まれたの。健二郎さんは何もしなくていいから。
陸　香寿美ちゃんにそんな知り合いがいたの？
香寿美　ええ。ちょっと。
陸　この家にアメリカ人が来るの⁉　すごいね！
香寿美　ええ。迷わないように、ここで朝から待ってるの。

と、金髪にサングラス、デニムのパンツに、星条旗柄のジャケット、USAとプリントしたバッグを持った俊也、入ってくる。

俊也　ハーイ。
香寿美　⁉　あんたは誰⁉

陸、その姿を見て、吹き出しそうになるが、必死で抑える。

俊也　ミー？　アイム、ラッキー・ジョンソン。ナイス・ミーツ・ユー。

と、握手の手を差し出す。

香寿美、陸に近づき、

香寿美　アメリカ人て言ったのよ。それも二十代って。おかしいよね。

陸　いや、アメリカ人って言っても、いろんな人がいるから。アジア系アメリカ人なんじゃないの？

香寿美　アジア系？

香寿美、俊也に、

香寿美　アー、ユー、エイジャン・アメリカン？

俊也　オー、イヤー。エイジャン、ええじゃん！　イエス！　イエス！

香寿美　(陸に)でも、二十代って言ったのよ。

陸　なんか、すごく苦労して老けたんじゃない？　そんな話、聞いてない？

香寿美　すごい苦労……そうね。つらい目にあうと、一晩で髪が真っ白になるって言うし。
俊也　ファッツ、ロング、ウィズ、ユー?

俊也の英語はカタカナ発音の英語である。

香寿美　（陸に）でも、あれ、カツラよね。思いっきりカツラよね。
陸　そうかな?　すごくナチュラルに見えるけど。
香寿美　そう?……分かったわ。さ、早く入って。誰かに見られたらまずいから。You're welcome inside.（ユーアー、ウェルカム、インサイド）
俊也　サンキュー。

香寿美、俊也を導く。陸も続く。
そのままそこは、室内になる。

俊也　ワオ!　ナイス、プレイス!

俊也、大げさに驚く。

陸　ゆっくりして下さい。
俊也　ワット？
陸　あ、分かりませんか。えーと、

と、香寿美、とても流暢な発音で、

香寿美　Thank you for coming. I'm happy to have you here. Sorry, my place is a mess, but please make yourself at home! Could I offer you some libation?
（サンキュー、フォー、カミング。アイム、ハッピートゥーハブ、ユーヒア。ソーリー、マイ、プレイス、イズ、ア、メス。バット、プリーズ、メイク、ユアセルフ、アット、ホーム。クドアイ、オファー、ユー、サム、ライベイション？）
俊也・陸　！
俊也　……。
香寿美　Could I offer you some libation?
（クドアイ、オファー、ユー、サム、ライベイション？）
俊也　……（突然）ワタシ、ニホンゴ、ハナセマス。

俊也、カタコトの日本語。

香寿美　まあ、そうですか。
俊也　アナタ、トテモ、エイゴ、ウマイ。ドシテ？
香寿美　コズ、アイワズア、メンバー、オブ、ESS、（フィッチ、イズ、）
俊也　（さえぎるように）ニホンゴ、ニホンゴ。
香寿美　高校時代、部活がESSだったんです。ESS、ご存知ですか？
俊也　イヤア。ESS。イングリッシュ…スーパー…セクシー。
香寿美　え？
陸　（冷たく）何言ってんの？
俊也　ジョーク、ジョーク、バクショウ（爆笑）アメリカン・ジョーク！
香寿美　じゃあ、ゆっくりしていて下さいね。お食事の準備をしますから。
陸　香寿美ちゃん。僕がやるよ。
香寿美　私のお客様なんだから。
陸　じゃあ、手伝うよ。
香寿美　ホントに？　健二郎さんがそんなこと言ってくれるなんて。私、すごく嬉しい！
俊也　ミー、ツゥー。アイ、ウィル、ヘルプ、ユー。
香寿美　リアリィ？　アイム、ソー、グラッド、ヒア、ザッ。アイ、アプリシエイト、
俊也　（慌てて）ニホンゴ、ニホンゴ。

香寿美　私、英語でも大丈夫ですよ。
俊也　（陸を指して）カレ、ワカラナイ。ヨクナイ。ミンナ、ワカル。オモテナシ。
陸　いえ、僕も英語、分かりますよ。
俊也　……ココ、ニホン。ニホンニキタラ、ニホンゴ。ゴウニイレバ、ゴウゴウゴウ！
香寿美　……じゃあ、みんなで作りましょう！
俊也・陸　イエァ！／はい！

音楽。

そこは台所となり、料理を作る風景がダンス風な動きで現される。楽しそうな3人。

香寿美がポカをやり（認知症のため）、それをカバーすることも3人がひとつになるので楽しい。

テーブルがセッティングされ、その上にお皿が並び（料理は無対象）、準備が整う。

香寿美　それではいただきましょう。
三人　いただきます。
香寿美　さあ、お味はどうかな？
陸　（一口食うマイム）うん。美味しい。肉汁がたっぷり。

香寿美　ホント？（食べる）うん。いい感じ。
陸　ソースがまた、いいね。香寿美ちゃんの得意料理だ。

俊也、一口食べて、動きが止まっている。

香寿美　ラッキーさん。どうしたんですか？　お口に合わなかった？　ごめんなさい。日本人が作ったハンバーグだから。
俊也　…イイエ。コレ、トテモオイシイ。
香寿美　よかった。
俊也　トテモトテモオイシクテ、ママヲ、オモイダシマシタ。
香寿美　えっ？　お母さんを？
俊也　ハイ。ママガ、ツクッテクレタハンバーグト、オナジアジデス。
香寿美　そうですか。……お母さんに会いたいですか？
俊也　……アイタイデス。アッテ、イッパイ、ハナシタイデス。
香寿美　うん、うん。
俊也　ソシテ、アヤマリタイデス。
香寿美　謝る？　何を謝るの？
俊也　ママニ、ズット、ツメタクシテキマシタ。

香寿美　あら、どうして？
俊也　ドシテカ？……ママガオモクテ。
香寿美　重い？　太ってるの？　デブは嫌い？
俊也　チガイマス。ママ、トテモ、ボクヲアイシテクレタ。
香寿美　いいじゃないの。
俊也　ソレガ、オモカッタ。
陸　（俊也を見つめる）
俊也　ツヨク、ツヨク、アイシテクレルト、オモクテ、タマラナカッタ。ダカラ、ナルベクアワナイヨウニシタ。
香寿美　それじゃあ、アメリカに戻ったら、その気持ちを伝えればいいんじゃない？　きっと、分かってくれますよ。
俊也　……ハイ。
香寿美　重いって気持ち、私も分かりますよ。
俊也・陸　エ？／え？
香寿美　だから、私も相模原の実家を出たんですから。大学で独り暮らしした時は、「ざまあみそ漬け、たくわんポリポリ」って感じでした。
俊也　キイタコトガナイ、ヒョウゲンデス。
香寿美　そう？　今、一番、ナウなヤングが使うのよ。覚える？「ざまあみそ漬け」

俊也　ザマアミゾヅケ。

香寿美　たくわんポリポリ。

俊也　タクアンポリポリ。

陸　それ、「花男《はなだん》」で、読んだこと、ある。

俊也・香寿美　「花男／ハナダン」？

陸　あ、いや、「花より男子」っていう昔のマンガなんだけど、略して、「花男」。

香寿美　そんなふうに略すの？　じゃあ、「鬼に金棒」は「オニカナ」ね。

俊也　「ロンヨリショウコ」は「ロンショウ」。

香寿美　アメリカ人なのにすごい。じゃあ「泣きっ面に蜂」は、「ナッパチ」！

俊也　ジャア、「メノウエノ、タンゴブ」は「メタン」！

香寿美　それじゃ、ガスみたいじゃないの。

3人、笑う。

香寿美　あー、おかしい。こんなに笑ったの久しぶり。

陸　ほんと？

香寿美　ええ。すっごく楽しい。陸ちゃん、ごはん、お代わりは？

陸　えっ？

香寿美　私ね、お父さんが亡くなった後、こうやって3人で食事するのが夢だったの。本当は、亜希子がいたらもっとうれしいんだけど。

俊也　……母さん。

香寿美　俊君《とし》。なんでそんな格好、してるの？

俊也　分かるの!?　僕が分かるの？

香寿美　何言ってるの？

俊也　僕は誰？

香寿美　誰って？　変な子ねえ。

俊也　僕はあなたの何!?

香寿美　何って息子の俊君じゃないの。それに（陸を見て）孫の陸。3人で食事できて、母さん、ものすごく幸せよ。

俊也　母さん！

陸　おばあちゃん！

香寿美　何よ。変な子達ねえ。

俊也、感極まり、立ち上がる。

香寿美　俊君？

俊也　ちょっと、トイレ。（と、去る）

香寿美　？

陸　嬉しいんだよ。おばあちゃんと話せて。

香寿美　話すだけで？

陸　うん。おばあちゃん、今、一番、何がしたい？

香寿美　そうねえ。今度は、亜希子も一緒にごはん食べられたら嬉しいわねえ。

陸　亜希子おばさんは、今、シカゴ？

香寿美　そう。もう何年も会ってないわねえ。

陸、携帯が着信する。
表示を見て、

陸　あ。母親からだ。……ちょっと、電話に出るね。

香寿美　はい。

陸　あ。もしもし。（嬉しそうに）あのね、（急に）えっ？　授業料、振り込んだ？　どうして⁉
なんでそんなこと、勝手にするの？　あのさ、

陸、香寿美をちらと見て、話しながら部屋を出る。

香寿美　陸ちゃん……。

香寿美、追いかけようとするが、家の電話が鳴る。

香寿美、それを取る。

香寿美　はい、桜庭です。

亜希子の映像が出る。（または声のみ）

亜希子（声）　えっ？　その声は、母さん？

香寿美　亜希子？　亜希子なの⁉　今、あなたの話を、孫の陸ちゃんとしてたとこなの。シカゴはどう？

亜希子（声）　ちょっと待って。母さん、自分のことを二十歳だって思ってるんじゃないの？

香寿美　えっ？　何言ってるの？　なんのこと？

亜希子（声）　なに、それ。嘘ついたわけ？　息子に嘘つけって頼んだの？　俊兄《としにい》私をだましたの？

香寿美　なんのことよ？　亜希子、どうしたの？

亜希子（声）　何がアルツハイマーよ！　そんなに私を帰国させたいの？　だまされて帰るところだった

わよ！

香寿美　亜希子、落ち着いて。

亜希子（声）　嘘ついても平気なんだ！　とにかく自分の思い通りにしたいんだよね！　あんたはやっぱり、あんただった！　何も変わってないじゃない！　ふざけるな！

電話を切る亜希子のシルエット。

香寿美　亜希子！　どういうこと？　亜希子⁉

呆然とする香寿美。
俊也が戻ってくる。

俊也　ごめん、ごめん。母さんのハンバーグがあんまり美味しくてさ。

テーブルにつく俊也。
電話の前で呆然としている香寿美。

香寿美　……。

俊也　さあ、いっぱい、食べるぞお。このハンバーグにかかってるソースがキモなんだよね。母さん？　電話だったの？　あ、俺、カツラ取るの忘れてる。いや、あんまり嬉しくてさ、

香寿美、振り返る。

香寿美　サンキュー。
俊也　えっ？
香寿美　私を日本のお母さんだと思って下さい。
俊也　……母さん？
香寿美　はい。私はラッキーさんの日本のママです。食べたいものはなんでも言って下さいね。
俊也　……。

と、陸が戻ってくる。

陸　（独り言）ほんとにもうっ。
香寿美　どこに行ってたの？
陸　えっ？　いや、電話。
香寿美　電話？　電話はここにあるよ。

陸　えっ？

香寿美　健二郎さん、まさか、公衆電話を使ったの？　変なの。

陸　……。

香寿美　さあ、二人とも、いっぱい、食べて下さいね。

陸　(俊也を見る)

俊也　(頭を抱える)

陸　どうして……。

香寿美　さあ、どうぞ。Don't be shy. Eat as much as you want.
(ドンビー、シャイ。イート、アズマッチアズ、ユーワント)

俊也・陸　……。

暗転。

24

明かりつく。
カツラを取った俊也がいる。
陸が入ってくる。

陸　ベッドに入ったら、すぐに寝た。
俊也　……今日、午前中、ケアマネージャーさんと会ってきた。
陸　えっ？
俊也　おばあちゃんは、グループホームに入れようと思う。
陸　グループホーム？
俊也　認知症の人が少人数で共同生活する介護福祉施設だ。専門スタッフが助けてくれる。
陸　どうして⁉　僕が面倒見るって言っただろう！
俊也　どうやって？　おばあちゃんの頭の中じゃ、ずっとベトナム戦争は続いてるんだぞ。このまま俺は脱走兵を続けるのか？
陸　脱走兵になるのは嫌なの？

俊也　脱走兵になるのが好きな奴がいるか？
陸　ノリノリだったよね。
俊也　ノリノリじゃない。
陸　ラッキーさんは一週間でいなくなるんだろ。また一週間、たったら、ダニエルさんが来ればいいじゃないか。おばあちゃん、覚えてないんだから。
俊也　その間は？　今日もおばあちゃん、何十回もお前に聞いたんだろう。電話はなかったか、連絡は来てないかって。
陸　……。
俊也　大学にも行けなくなるぞ。
陸　大学には行かないって言ってるだろう。
俊也　行かないで、どうするんだ？
陸　おばあちゃんと一緒に考える。
俊也　なに？
陸　二十歳のおばあちゃんと、二十歳の俺が一緒に、本当にやりたいことを考える。
俊也　バカなことを言うな。50年も前の二十歳なんだぞ。
陸　同じだよ。悩んでいることは同じだよ。
俊也　同じなわけない。
陸　『二十歳の原点』、読んだ？

俊也　え、いや。
陸　同じなんだよ。よく分からない単語もあるんだけど、悩んでる根本は同じなんだよ。
俊也　それでも、ダメだ。おばあちゃんはグループホームに入れる。
陸　どうして⁉　俺が在宅介護するよ！　俺、勉強したよ。デイケアとかショートステイを使えば、俺でもやっていけるよ。
俊也　認知症の在宅介護なんだぞ。簡単にできるわけない。お前は、今、おばあちゃんに同情してるから、そんなふうに考えてしまうんだ。お前の時間はお前のために使うんだ。
陸　これが俺のやりたいことなの！
俊也　それは無理だ！
陸　……ずっと放ったらかしにしといて、勝手に決めつけるのはやめろよ！
俊也　放ったらかしになんかしてない！
陸　6年も会ってなくて、よくそんなことが言えるな！
俊也　それは……お前が会うのを拒否したんじゃないか。
陸　俺が会いたくないって言ったら、あんたはあっさり引き下がっただろ！　家とか学校とか、全然、会いに来なかったよな！
俊也　当たり前だろ！　会いたくないって言われて、どうして行けるんだよ！
陸　会いたくないって言われても、自分は会いたいって思わなかったのかよ！
俊也　俺はお前を苦しめたくなかったんだよ！

陸　そんなことを聞いてるんじゃねーよ！　あの時、俺に会いたいって思ったのか思わなかったのか、どっちなんだよ！

俊也　陸。

陸　母親があんたに電話して、今月の約束、中止にしようって言った時、あんたは怒ったのかよ⁉

俊也　もちろん、怒ったさ。

陸　だったら、なんで、そのまま6年も放ったらかしたんだよ！　俺を母親に押しつけて、安心したのかよ？

俊也　なに？

陸　おばあちゃんをグループホームに入れて安心するみたいに、俺を母親に押しつけて安心したのかよ？

俊也　陸、それは違う。

陸　ちがわねーよ！　母親に押しつけるのも、グループホームに押し込むのも同じだよ！

俊也　陸。

陸　ずっと俺に会ってなくて、ずっとおばあちゃんにも会ってなくて、都合が悪くなると、すぐどっかに押しつけるのが、あんたなんだ！

俊也　違う！

陸　なんで離婚したんだよ！　なんで俺を捨てたんだよ！

俊也　捨ててない！
陸　捨てたじゃねーか！　一人で家、出て、新しい生活、始めて、俺を捨てたじゃねーか！
俊也　離婚したのは謝る。だけど、俺はお前を捨ててない！
陸　捨てたんだよ！　今、おばあちゃんを捨てるみたいに、俺のことも、捨てたんだよ！

陸、走り去る。

俊也　陸！

俊也、追いかけられない。
暗転。

25

暗転の中、声がする。

香寿美（声）　ラッキーさん⁉　ラッキーさん⁉

明かりつく。
香寿美がうろうろしている。
陸、登場。

陸　香寿美ちゃん。どうしたの？
香寿美　ああ、健二郎さん。ラッキーさんがいないの。
陸　いない？
香寿美　ブレックファストって言いに行ったら、どこにもいなくて。
陸　外かもしれないね。見てくる。

陸、去る。

同時に別空間に俊也。カツラをつけて電話している。

俊也　え？　謝罪？　どういうことですか？　責任問題？　いや、分かってます。責任を充分感じて、今、新規開拓と、以前の取引先にあたってるんです。えっ？　ちょっと待って下さい。それは社長が変わったからで、ある意味不可抗力で、

陸、顔を出す。

俊也　（気づかず）先代の社長とは、とても友好な関係を作れたんですから。えっ？　昨日？　いえ、昨日は一日中、取り込んでて。はい。やよい軒さんは伺えなくて。申し訳ありませんでした。えっ？　進退伺《しんたいうかがい》？　どうしてですか？　いや、もちろん結果的に専務の顔に泥を塗った形になりました。それは深くお詫びします。ですから、新規開拓を、えっ？　今日ですか？　常務に謝罪？　常務にですか⁉　どうしてです⁉　そんな……いえ、そうですか。今日の午後五時。はい。本社会議室。分かりました。はい。失礼します。

電話を終える俊也。

陸はさっと引っ込む。

俊也、カツラのまま、頭を掻きむしろうとして、ズレる。
と、香寿美が出てくる。

香寿美　ラッキーさん！　ダメです！　外に出たら！　さあ、早く入って！

香寿美、俊也の手を引っ張る。
そのまま、リビングの食事風景になる。
陸が黙って食べている。
俊也も座って食べ始める。
香寿美、二人を見比べる。

香寿美　二人ともどうしたんですか？　体の具合でも悪いの？
陸　別に。
俊也　ベツニ。
香寿美　健二郎さん。今日は大学に行って。私はラッキーさんのお世話をするから。
陸　いや、今日も家にいる。ごちそうさま。

陸、自分の食べた食器を持って去る。

俊也　……。

香寿美　（陽気に）ラッキーさんは、どこの出身なんですか？

俊也　ア、カリフォルニアデス。

香寿美　お母さんは、何をなさってるんですか？

俊也　センギョウシュフデス。

香寿美　お父さんは？

俊也　モーレツシャインデ、ホトンド、イエニハイマセンデシタ。

香寿美　それは、お母さん、淋しかったでしょうね。

俊也　エッ？……ソウデスネ。ママハ、サビシカッタデショウネ。

香寿美　ごめんなさい。あんまり話したくないんなら、いいんですよ。ただ、私は、ラッキーさんの気分転換になればいいなと思っただけで。

俊也　イエ、ハナスダケデモ、ウレシイデス。ハハオヤト、ズット、ハナサナカッタカラ。

香寿美　重かったのね。

俊也　ハイ。

香寿美　デブが本当に嫌いなのね。

俊也　イヤ、アノ……

香寿美　他は？　デブ以外は、どんなお母さんでした？

俊也　ママハ、……トテモ、ウタノスキナヒトデシタ。
香寿美　本当⁉　私と同じですね！　「ウイシャルオーバーカム」とか歌ってました？　ラッキーさん、歌える？
俊也　ヨクワカリマセン。
香寿美　じゃあ、「アイシャルビーリリースト」は？
俊也　ヨクワカリマセン。
香寿美　じゃあ、「花はどこに行った」は？
俊也　ヨクワカリマセン。
香寿美　なんにも知らないのね。ほんとにアメリカ人？　よし！　私の家にいる間に、全部、教えてあげる。そしたら、アメリカに帰った時に、お母さんと一緒に歌えるでしょう？
俊也　イッショニ？
香寿美　そう。お母さんと一緒に、歌、歌ったことある？
俊也　ナイデス。
香寿美　どうして⁉
俊也　ダカラ、
香寿美　分かってる。本当にデブが嫌いなのね。でも、お母さん、ラッキーさんと一緒に歌ったら、嬉しいと思うわ。
俊也　ソウカナ……

香寿美　そうよ。私も、いつか子供ができたら、絶対に一緒に歌いたいもん。
俊也　……。
香寿美　お昼はラーメンにしようと思います。夜は、なんと、スキヤキです！
俊也　ワオ。
香寿美　ゆっくりして下さいね。じゃあ、一休みしたら、歌ね！　お母さん、絶対に喜ぶわよ！

香寿美、食器を持って去る。
俊也も食器を運ぼうとするが、泣きそうになって止まる。
暗転。

26

すぐに、明かり。
陸がいる。
香寿美が入ってくる。

香寿美　健二郎さん。
陸　……
香寿美　怒ってる？
陸　えっ？
香寿美　怒ってるんだよね。
陸　……。
香寿美　ごめんなさい。私が、留学生を受け入れたから。勉強の邪魔よね。
陸　いや、それは、（違う）
香寿美　1週間、泊めるって約束したのね。でも、3日にしてもらう。それで、許して。あと2日、お願い。

陸　そんなことじゃないよ。
香寿美　お願いだから、ラッキーさんと仲良くしてくれる？
陸　えっ？
香寿美　ラッキーさんは、この家では、楽しく過ごして欲しいの。
陸　怒ってないから。
香寿美　じゃあ、仲良くしてね。
陸　……。
香寿美　ラッキーさんと歌の練習、するから。健二郎さんも一緒に歌おう。
陸　一緒に？
香寿美　そう。「日米友好親善歌声大会」。ごきげんでしょ！　嫌なの？　やっぱり怒ってる？
陸　いや、分かったよ。
香寿美　準備、できたら言うから。
陸　うん。あ、香寿美ちゃん、買い物、行く時、言って。一緒に行くから。
香寿美　私、一人で大丈夫よ。
陸　一緒に行きたいの。

俊也が別空間に登場。
香寿美、そっちへ移動。

陸の姿は見えなくなる。

香寿美　面白い本、ありますか?
俊也　ゴメンナサイ。カッテニ、ミテマス。
香寿美　いいんです。健二郎さんに許可を取れば、大丈夫ですよ。
俊也　カスミサン。ショウライ、シタイ、シゴトハ、ナインデスカ?
香寿美　ウチの親は、女は早く結婚しろしか言ってないの。本当は大学行くのも反対したの。女に学問はいらないって。
俊也　ハタラキタインジャナイデスカ?
香寿美　健二郎さんが、結婚したら、家庭に入ってくれって。
俊也　……コレ。ミツケマシタ。タクサン、ベンキョウシタアトガアリマス。
香寿美　なんですか?（と受け取る）「宅地建物取引主任者　合格ガイド」宅建の勉強ですね。
俊也　ダレノデショウ?
香寿美　誰ですかね。健二郎さんのお母さんですかね。
俊也　カスミサンハ、タッケンシ（宅建士）、キョウミ、アリマスカ?
香寿美　私?　いいえ。私は健二郎さんが喜ぶことをしたいんですから。……やだあ。何言わせるの。これ、健二郎さんにはナイショよ。
俊也　ソウデスカ。カスミサンハ、シアワセデスカ?

香寿美　どういう意味です？
俊也　イマ、シアワセデスカ？
香寿美　今？……じつはね、20年生きてきて、今が一番、充実してるんです。自分がやりたいことをしてるから。
俊也　ソレハナンデスカ？
香寿美　ラッキーさんをお世話することですよ！
俊也　ワタシデスカ？
香寿美　そうですよ！
俊也　……ワタシノコト、ドウシテシリマシタ？
香寿美　ラッキーさん、知ってるかなあ。戦車を止めるために座り込んだ中にアメリカ人がいたのね。その人を世話してる日本人から頼まれたの。
俊也　センシャ。
香寿美　そう。ラッキーさんをお世話することで、私は、自分の生き方に自信が持てるの。それじゃあ、買い物してきます。「日米友好親善歌声大会」は、その後で。待ってて下さいね！

香寿美、楽しそうに去る。
残される俊也。
暗転。

すぐに、陸に光。

陸　正直に言うと、おばあちゃんは一人で買い物ができなくなっていた。スーパーに行って、料理とは関係ないものをカゴに入れたり、バーコードタイプのレジに混乱したりして、常に付き添わないとダメだった。それでも、おばあちゃんは、自分で買い物に行くことを強烈に主張した。ラッキーさんのために食事を作るのが私の仕事だと。昼食のラーメンを食べ終え、一休みして、「日米友好親善歌声大会」は始まった。

香寿美　ウイシャルオーバーカ～ム

俊也　(両手を叩きながら演歌のように) うい、しゃる、お～ば～か～む

香寿美　ラッキーさん、味がある！　すっごく味がある！

陸　おばあちゃんはずっと笑っていた。本当に楽しそうだった。でも、72歳に戻ることはなかった。3人で歌いながら、夕方になった。

俊也　(時計を見る) アッ。

香寿美　ラッキーさん、どうしました？

俊也　モウコンナ、ジカンデスネ。

陸　誰かと約束ですか？

香寿美　約束？　そうなんですか？

俊也　……。

香寿美　じゃあ、そろそろ、夕食の準備をしようか。今日のメニューは……なんだっけ？
陸　香寿美ちゃん、スキヤキにするって。
香寿美　そう！　みんな大好きスキヤキ！
陸　手伝うよ。
香寿美　ありがとう、健二郎さん。なんか、ここ数日の健二郎さん、別人みたい。宇宙人と入れ代わった？
陸　そうかも。
香寿美　ラッキーさん。じゃあ、本でも読んで、待ってて下さいね。
俊也　イエ、ワタシモテツダイマス。
陸　えっ？
香寿美　本当!?　ありがとう。
陸　いいのかよ？
俊也　ナニガデスカ？
陸　約束、あるんだろ。5時から。本社会議室で。
俊也　！　なんでお前がシッテイルノデスカ？（途中から、カタコト語が入ってくる）
香寿美　5時からなにって？
俊也　ナンデモナイデス。サア、スキヤキデスネ！
香寿美　スキヤキデス！

俊也、「スキヤキデス！」と繰り返しながら去る。
香寿美も言いながらついていく。
それを見ている陸。
暗転。

27

明かりつく。
リビング。
カツラを取った俊也がいる。
陸が入ってくる。

陸　寝た。
俊也　そうか。
陸　……よかったのかよ？
俊也　えっ？
陸　本社の会議。
俊也　どうして知ってたんだ？
陸　朝、電話してるの聞いた。ごめん。
俊也　そうか。
陸　大丈夫なのか？

俊也　ダメだな。留守電に怒鳴り声が入ってたよ。懲戒処分とか叫んでた。
陸　そんな……
俊也　会社の派閥争いに巻き込まれた。
陸　えっ？
俊也　俺の上司を蹴落とすために、俺のミスを攻撃した。俺の上司は、自分を守るために、俺を蹴落とした。
陸　そんなことが……。
俊也　必死になって会社のために働いてきたんだけどなあ。周りは、派閥のためとしか思ってなかったんだなあ。減給か左遷か、どんな処分が下るか。
陸　どうするの？
俊也　どうするかなあ。……陸と同じかな。
陸　えっ？
俊也　自分が本当は何がしたいのか考えてみるよ。
陸　大人がそんなこと言っていいのかよ？
俊也　大人だって迷うさ。
陸　……俺、もともと、行きたくて入った大学じゃないんだ。
俊也　えっ？
陸　母親が、行きたかった大学だってさんざん俺に言ってさ。俺、バカだから、その気になっ

俊也　ちゃって。でも、入ったら、何していいか分かんなくなって。
陸　そうか。……父さんも、ここに住むかな。
俊也　えっ？
陸　二人なら、お前の負担も軽くなるだろう。明日、ケアマネさんに連絡する。在宅介護の可能性を探ろうか。
俊也　ということは、
陸　ということは？
俊也　当分、アメリカ人だね。
　　　オウ、イヤア。

暗転。
すぐに陸に明かり、

陸　それから、毎日、３人で歌を歌い、食事を作り、アメリカの話をして過ごした。不思議なくらい、穏やかで平和な時間だった。話がベトナム戦争になった時は、父親はジュネーブ協定もトンキン湾事件も知らなくて、おばあちゃんは少し混乱し、僕は慌てた。

香寿美と俊也もいる。

香寿美　ラッキーさん。トンキン湾事件はどう思います？
俊也　トンキンワン？
香寿美　噂は本当だと思いますか？
俊也　アー、ウワサデスカ。アー、ウワサヲシンジチャイケナイヨ。
香寿美　（歌う）私の心はウブなのさ。
香寿美・俊也　（歌う）ああ、蝶になるうっ、ああ花になるうっ！　もう、どおにもとまらないっ！
陸　なんの歌⁉
香寿美　山本リンダさんの新曲よ。ラッキーさんは、こういう歌は知ってるの？
俊也　シュミデス。
香寿美　それでラッキーさんはトンキン湾のウワサをどう思うの？
俊也　トンキンワント、トウキョウワンハ、ニテルネ。
香寿美　「トンキン湾」。そんなトンチンカンなこと言わないの。
俊也　ウマイ。
陸　トンキン湾でアメリカ軍の船が攻撃されたんだけど、これがアメリカの自作自演かもって噂だろ。内部文書が漏れて、ヤラセがバレたみたい。
香寿美　健二郎さん、すごい！　勉強してくれたの？
陸　まあね。

香寿美　ありがとう。ラッキーさん、本当にアメリカ人？
俊也　アメリカジン、アメリカシラナイ。トウキョウジン、トウキョウタワーノボラナイ、オナジネ。
香寿美　そうなの？
俊也　カスミサン。ウタッテホシイウタガアリマス。
香寿美　なに？
俊也　『アカシアノアメガヤムトキ』
香寿美　ラッキーさん、そんな歌も知ってるの？
俊也　ハイ。ハハガヨクウタッテマシタ。
香寿美　そうなの。でも、あの歌は、今は気分じゃないなあ。
俊也　ドシテデスカ？
香寿美　今は、ラッキーさんの戦いを応援する歌をいっぱい歌いたいから。
俊也　デモ、キキタイデス。
香寿美　じゃあ、ラッキーさんがこの家を出る時に、一緒に歌いましょう。ね。
俊也　ワカリマシタ。
香寿美　じゃあ、次は『風に吹かれて』いきましょう。
俊也　ワオ！

陸

陸に光が集まる。

3人で歌い、3人で話し、3人で食事を作る生活は楽しくて、切なくて、あっという間に5日が過ぎた。おばあちゃんではなく香寿美ちゃんと、父親ではなくラッキーさんと一緒に、笑いながら何度も泣きそうになった。そして、ラッキーさんが出ていく朝になった。予定では、1週間後、今度はダニエルさんがやってくることになっているが、それはまだおばあちゃんには言っていない。

28

俊也が香寿美にお礼を言っている。
それを見ている陸。

俊也　ドモ、アリガトゴザイマス。コノオレイハ、フォーエバー、ワスレマセン。

俊也が部屋を出ようとすると、香寿美が、突然、ナイフを突きつけて止める。

香寿美　動かないで！
陸　香寿美ちゃん！　どうしたの？
俊也　カスミサン⁉
香寿美　健二郎さん。台所にロープがあるから、ラッキーさんを縛って。
陸　縛る？
俊也　ドウシテ⁉
香寿美　動かないで！

陸　香寿美ちゃん！
香寿美　早く！　説明は後でするから！
陸　先に説明を。
香寿美　早く！

陸、去る。

俊也　ドウシタンデスカ⁉
香寿美　あなたを行かせるわけにはいきません。
俊也　ドウシテ？

陸、ロープを持って戻ってくる。

香寿美　ラッキーさん、あなた、ニセモノですね。
俊也　エ？
陸　！
香寿美　私をだましましたね。
俊也　ダマシテナイデス！　ニセモノジャナイデス！

香寿美　いいえ。最初から、なんかおかしいと思ってたんです。脱走兵は命懸けで軍隊を逃げてきます。でも、ラッキーさんには、命懸けの雰囲気がありません。あるのは、変なオヤジ臭さだけです。

陸　オヤジ臭さ。

香寿美　健二郎さん、早く縛って！

陸　香寿美ちゃん。どういうこと？

香寿美　ラッキーさん、あなたはニセモノです！

俊也　チガイマス！

香寿美　いいえ、あなたは、スパイです。

俊也・陸　えっ？

香寿美　脱走兵のふりをした、アメリカ軍のスパイです。

俊也　アメリカグンノ、スパイ？

香寿美　目的は、日本の脱出ルートを調べて、つぶすこと。そうでしょう！

俊也　チガイマス！

香寿美　違わない！

陸　香寿美ちゃん。

香寿美　健二郎さん。嘘をついていてごめんなさい。じつは私達は、脱走したアメリカ兵を海外に逃がすお手伝いをしているの。

陸　そうなの。
香寿美　あまり驚かないのね？
陸　（慌てて）ええ！　そんなことを⁉
香寿美　アメリカ軍は、そのルートを突き止めるために、スパイを送り込んだの。それがラッキーさん、あなたです。
陸　ええ！　そんなことを⁉
香寿美　このまま、ラッキーさんを次の人に渡すと、ますます、亡命ルートに近づいてしまう。脱走兵はどこの港で船に乗るか、誰が手配しているか。
俊也　ワタシ、スパイジャナイ！　オヤジクサイノハ、ショウガナイ。オヤジダカラ！
陸　本当にスパイ？　証拠はあるの？
俊也　ソウ、ショウコハ⁉
香寿美　あなたは、ベトナム戦争のことを何も知らない。昨日は、「サイゴンってどこの国にあるの？」って言った。そんな、反戦脱走兵がいるわけがない！
俊也　オゥ……
香寿美　ベトナム戦争に反対する意識がまったくない！　健二郎さん、これで分かった？　さあ、縛って！
陸　でも……

ためらう陸。

俊也　ワタシハ、ハンセントカ、ヘイワノタメニ、ダッソウシタンジャナイ。ソンナ、リソウノ、タメジャナイ。
香寿美　じゃあ、なんで脱走したの？
俊也　……コワカッタカラ。
香寿美　えっ。
俊也　ヒトヲコロスノガ、コワカッタカラ。コロサレルノガ、コワカッタカラ。
香寿美　……。
俊也　ワタシ、ヘイワノタメニ、タタカウヘイシ（兵士）ジャナイ。タダノ、ヨワムシ。ヒキョウモノ。コワクテ、コワクテ、ニゲタダケ。カアサン、ボクハヨワイオトコナンダ。
香寿美　……だまされませんよ！　さあ、健二郎さん、縛って！
陸　香寿美ちゃん、やめるんだ。
香寿美　健二郎さん。これで、私に愛想がつきたよね。私はこういう女なの。私を捨てていいから。だから、これが最後のお願い。さあ、縛って！
陸　香寿美ちゃん！
俊也　ヤメテクダサイ！
香寿美　健二郎さんが縛らないなら、私が縛る！

香寿美、包丁を持ったまま、ロープを取ろうとする。

陸　香寿美ちゃん！
香寿美　貸して！
俊也　ヤメテ！
香寿美　（俊也に）近づかないで！
陸　やめるんだ！
俊也　カスミサン！

激しくもめる3人。
と、香寿美、突然、倒れる。

陸　香寿美ちゃん！
俊也　カスミサン！

暗転。
俊也と陸が、香寿美を呼ぶ声が何度も響く。

「母さん！」「おばあちゃん！」

救急車のサイレン。

29

俊也に明かり。
俊也はラッキーさんの扮装を解いている。

俊也　診断は、脳梗塞《のうこうそく》だった。医者は母親の脳のレントゲン写真を見せて、白く濁った部分を、組織の死んだ場所だと説明した。母親の体全体が麻痺していて、目も口も動かなかった。栄養は点滴で取るしかなかった。私の言っていることが分かっているのか、分かっていないのか、それが分からなかった。かすかな反応は、私の言葉に答えているのか、答えてないのか。それも分からなかった。

点滴が打たれた香寿美が、ベッドに寝ている姿が浮かび上がる。
枕元には本を読んでいる陸が見える。

俊也　陸と交代で、病院に通った。陸は、母の枕元で、『二十歳の原点』を音読した。最初のページからゆっくりと。おばあちゃんの刺激になるかもしれない、意識を戻すきっかけになるかもしれないと願いながら。母と話したかった。二十歳の母でもいいから、どんなことでもいいから、話したかった。１週間が過ぎて、母の状態は変わらなかった。医者は、延命治療をするかどうかと私に聞いた。点滴を外せば、母の生命は終わり、胃に穴をあけて、胃ろう手術をすれば、反応のないまま、母は生き続ける。陸と相談して、胃ろう手術をお願いすることにした。私と陸は、交代で病院に通い、何も言わない、反応のない母に話し続けた。

香寿美の点滴がなくなっている。

陸　おばあちゃん。今日、ベトナム脱走兵の記録を読んでたらね、本当にスパイがいたって。それで、根室《ねむろ》から漁船で脱出するルートがつぶされたって書いてた。おばあちゃん、けっこう、鋭かったんだよ。

俊也　母さん。会社から、また「進退伺《しんたいうかがい》」を出せって、言われたよ。出したら、そのまま首だよ。冗談じゃないよね。俺、ガンバルから。母さん、聞いてる？　母さん。

陸　おばあちゃん。ネットで、すごい記事を見つけたよ。２０１５年に、Ｆ16っていうアメリカの戦闘機が、青森県の三沢《みさわ》基地からシリアとヨルダンに爆撃しに出てたって。昔と同じだよね。怒って、目を醒まさない？　おばあちゃん。

俊也　母さん。取引先を全部、外されたよ。仕事しなくていいんだって。まいるよなあ、母さん。

陸　おばあちゃん。じゃあ、また最初から『二十歳の原点』、読むね。えっ？　最後の詩は読まないのかって？　それはまだまだ。じゃ、いくよ。

俊也　2週間が過ぎた時、母が肺炎にかかっているという連絡が来た。心の準備をしておいて欲しいと医者は告げた。急いで、病院に駆けつけると、荒い呼吸の母親を、陸がじっと見つめていた。

陸　おばあちゃん。俺、大学休学するね。自分が本当は何をしたいのかじっくり考える。考える手がかりは、おばあちゃんがたくさんくれたから。だから、大丈夫。

俊也　母さん。俺、仕事やめることにしたよ。子会社の係長になれっていう辞令が来てさ。笑っちゃったよ。ゆっくり休んで、これからのことを考えるよ。

陸　おばあちゃん。

俊也　その夜、呼吸の荒い母の傍で私達は過ごした。私達は、夢を見た。

俊也と陸、香寿美のベッドの両脇で、ベッドに上半身をあずけて寝始める。音楽が聞こえ始める。

ゆっくりと香寿美、目を開け、そして、寝ている二人に向かって歌い始める。

香寿美　アカシアの　雨にうたれて
このまま　死んでしまいたい

夜が明ける　日がのぼる
朝の光の　その中で
冷たくなった　わたしを見つけて
あの人は
涙を流して　くれるでしょうか

アカシアの　雨に泣いてる
切ない胸は　わかるまい
思い出の　ペンダント
白い真珠の　この肌で
淋しく今日も　暖めてるのに
あの人は
冷たい瞳《め》をして　何処《どこ》かへ消えた

アカシアの　雨が止む時
青空さして　鳩がとぶ
むらさきの　羽の色
それはベンチの　片隅で

冷たくなった　私のぬけがら
あの人を
さがして遥《はる》かに　飛び立つ影よ

歌い終わり、香寿美、目を閉じる。
香寿美の体に光が集中する。
ふと、顔を上げる俊也と陸。

俊也　！
陸　！

『アカシアの雨がやむとき』の後奏がフルボリュームで流れる中、俊也と陸、香寿美が亡くなったことを知る。

俊也　母さん！　母さん!!
陸　おばあちゃん！　だめだ！　死んじゃだめだ！

俊也、ナースコールを押し、陸、医者を呼ぼうと飛び出る。

すぐに戻ってくる陸。
深い青の照明の中、香寿美の体が輝く。
俊也と陸、医者を迎え、臨終を告げる医者に対して深く頭を下げるマイム。
俊也、部屋を出る。
陸、香寿美の額に静かにキスをする。
やがて、音楽が終わり、照明も普通の明かりになる。
俊也、入ってくる。

俊也　葬儀屋さん、あと30分で来るって。
陸　『二十歳の原点』、読みたい。
俊也　えっ？
陸　おばあちゃんの魂が、まだ、この辺りにいるなら、聞こえるはずだから。
俊也　そうか。
陸　最後の詩、読んでないんだ。
俊也　えっ？
陸　『二十歳の原点』て、日記の一番最後は詩なの。この詩を読んだら、おばあちゃんも死ぬんじゃないかって思って、ずっと読まなかったの。
俊也　そうか。

陸　一緒に読まない？

俊也　えっ？

陸　一人より、二人の方が、おばあちゃんに届くんじゃないかな。

俊也　そうだな。

陸、本を広げる。

俊也、覗き込む。

文字も同時に映される。

俊也・陸　旅にでよう
テントとシュラフの入ったザックをしょい
ポケットには一箱の煙草と笛をもち
旅に出よう

出発の日は雨がよい
霧のようにやわらかい春の雨の日がよい
萌え出でた若芽がしっとりとぬれながら

そして富士の山にあるという
原始林の中にゆこう
ゆっくりとあせることなく

大きな杉の古木にきたら
一層暗いその根本に腰をおろして休もう
そして独占の機械工場で作られた一箱の煙草を取り出して
暗い古樹の下で一本の煙草を喫《す》おう

近代社会の臭いのする　その煙を
古木よ　お前は何と感じるか

原始林の中にあるという湖をさがそう
そしてその岸辺にたたずんで
一本の煙草を喫おう
煙をすべて吐き出して
ザックのかたわらで静かに休もう

原始林を暗闇が包み込む頃になったら
湖に小舟をうかべよう

衣服を脱ぎ捨て
すべらかな肌をやみにつつみ
左手に笛をもって
湖の水面を暗やみの中に漂いながら
笛をふこう

小舟の幽《かす》かなるうつろいのさざめきの中
中天より涼風を肌に流させながら
静かに眠ろう

そしてただ笛を深い湖底に沈ませよう

読み終わった俊也と陸、横たわる香寿美をじっと見つめる。
ゆっくりと明かりが落ちていく。
やがて、暗転。

終り

あとがき

この作品は、2021年5月、久野綾希子《くのあきこ》さん、前田隆太朗《まえだりゅうたろう》さん、松村武《まつむらたけし》さんの3人で初演されました。

自分で言うのもなんですが、とても好評で、千秋楽を待たずに俳優達と「再演しよう！」と盛り上がりました。

特に、久野綾希子さんは再演の希望が強く、僕も「任せて下さい！　最短でやりましょう！」と答えました。

が、この時、じつは久野さんは乳がんにかかっていたことを後から知りました。

演劇界では、劇場のスケジュールの関係で、翌年に再演するのは難しく、最短で2年先、つまり、2023年の劇場を押さえました。

ですが、久野さんは、２０２２年8月22日に亡くなられました。

僕はどうしようかと考えました。亡くなられた後、久野さんが『アカシアの雨が降る時』を「私の代表作だ」と仰っていたと久野さんのパートナー（夫）さんからお聞きしました。『エビータ』や『キャッツ』等、数々の名作ミュージカルを主演した久野さんが、「私の代表作」と呼んでくださっていたことを知って、本当に感動しました。

そして、久野さんの供養のためにも、再演しようと決めました。作品を上演することは、久野さんを忘れないことであり、何度も思い出すことであり、久野さんと対話することだと思ったのです。

この作品は、久野さんと出会ったことで生まれました。２０１８年『ローリング・ソング』という作品で初めて久野さんとご一緒して、そのコメディエンヌぶりに驚きました。けれど聞けば、笑いのある作品に出たことはほとんどないと仰られました。これはぜひ、笑いと涙と歌のある作品を作らねばと思ったのです。

台本を読んだ久野さんは「高校時代、世界史の先生が『ちょっと来ないか』と私を含めた何人かの生徒に声をかけたの。知らない民家に案内されると、外人さんがいたの。その人は、脱走したアメリカ兵だったの。世界史の先生は、『絶対に内緒だよ』と言いながら、彼を私達に紹介したの」と教えてくれました。

僕は、久野さんと物語の「偶然の一致」に驚きました。

長い間、作品を書いていると、驚く「偶然の一致」を経験することがあります。

２００７年、『僕たちの好きだった革命』という作品を創りました。原案は映画監督の堤幸彦《つつみゆきひこ》さんですが、僕が初めて「学生運動」を芝居にした作品です。

１９６９年に高校生だった主人公が、文化祭で自分たちの企画をやろうとして学校側に反対され、時代の風を受けて、勢いでバリケードを作る。機動隊がやってきて、高校生を排除しようとしてガス銃を撃ち、それが主人公の額に直撃して昏倒、それから30年間意識不明になり、１９９９年、突然目を覚まし、自分の人生をやり直すために「高校に戻りたい」と言うのが物語の始まりです。

主人公山崎に、あの時代を経験した中村雅俊《なかむらまさとし》さんをお願いしました。

現在の高校生のリサーチのために、高校生の娘さんがいる高校時代のクラスメイトに連絡しました。彼女の娘さんは、友達を何人か集めてくれました。

「今現在の関心は？」「今、クラスで流行っている言葉は？」などとインタビューをした後、その中の一人の女子生徒が「私の母は、中村雅俊さんと大学時代同級生だったそうです」とぽつりと言いました。

　台本を書き上げ、稽古が始まった時に、その女子生徒から聞いた母親の名前を伝えると、中村さんは「えー！」と驚きの声を上げました。

　聞けば、その女性は、中村さんと学籍番号一番違いのクラスメイトで、学生運動の活動家として有名だったと言いました。大学2年になり、急に学校に来なくなり、地下に潜ったと言われたそうです。

　以後、卒業式にも同窓会にもいっさい顔を見せず、まったくの音信不通で、やがて、「内ゲバで殺された」という噂も流れました。

　中村さんは、彼女のことがずっと気になっていたそうです。

　学生運動を描いた芝居の稽古で、中村さんは、36年ぶりに彼女の消息を聞いたのです。そして「生きてるんだ！　えっ⁉　高校生の娘さんがいるの⁉　彼女の娘さんに、この作品を書くためにインタビューしたの⁉」と興奮した表情を見せました。

　僕も、その姿に驚き興奮しました。

　公演の初日、母親と娘さんはいらっしゃいました。公演後、ロビーで母親と中村さんは面会しました。中村さんは「××××！」と、彼女の名前を叫びながら駆け寄りました。

元クラスメイトは少し照れたような笑顔で応えました。

僕は、2人の姿を見ながら、作品と人生の偶然の一致に震えていました。


もうひとつ、こんなエピソードもあります。

『不死身の特攻兵』という本を出しました。9回特攻に出て9回帰ってきた、実在の特攻兵佐々木友次さんに関する本です。

陸軍の一回目の特攻隊に選ばれた佐々木さんが生きていると知った僕は、2015年10月、札幌の病院に入院している佐々木さんに会いに行きました。

ベッドの佐々木さんは、寝ていました。遠慮がちに声をかけましたが、佐々木さんは目を覚ましませんでした。僕は帰るしかないかと諦めかけました。ベッドに横たわる高齢の男性に対して、どういう態度を取ったらいいか分からなかったのです。

すると、後ろから「寝てますか?」という声が聞こえました。振り返れば、女性看護師さんでした。彼女は、病室の廊下を歩いている僕に「お見舞いの方でしたら、ノートにお名前やご関係を書いて下さい」と教えてくれた人でした。

彼女は、佐々木さんの耳元で「佐々木さん、お見舞いですよ」と少し大きな声で叫びました。

寝ていたと思っていた佐々木さんは「えー？」と声をあげました。

そこから無我夢中で、僕は佐々木さんと話しました。

夜、スマホのアプリで選んだ札幌のホテルに泊まり、病院の出来事を振り返れば、女性看護師さんには感謝しかないと感じました。あの時、僕には大きな声で「佐々木さん！」と呼びかける勇気も知恵もありませんでした。ただ、ただ寝ている元特攻兵を見て、黙って東京に帰るしかなかったと思いました。

彼女の存在が、佐々木さんと僕を結びつけてくれたと感じたのです。

翌朝、札幌のホテルをチェックアウトしようとすると、フロント係の男性に話しかけられました。

「私の妻は看護師なんですが、昨日、病院に鴻上さんがいらっしゃったと言ってました。面会のお手伝いをしたと。妻は鴻上さんのファンで、よく本を読んでいるんです」

僕はただ驚きました。看護師さんは、僕を知っている素振りはまったく見せなかったからです。でも、僕のファンだからこそ、僕が困っている状況を助けてくれたんだと思えました。

僕がアプリで偶然選んだホテルで働く男性の妻が、僕が会いたいと熱望した元特攻兵の担当看護師で、僕がどうしようかと困った時に助けてくれた。

物語で書けば、「そんな都合のいい偶然の一致があるわけないだろう」と観客や読者から言われてしまうケースです。

　僕はスピリチュアルとかオカルトとかは信じていませんが、驚く「偶然の一致」が起こる時は、「作品が世の中に生まれたがっている時だ」と思っています。

『アカシアの雨が降る時』もまた、この世に生まれたいと熱望した作品なのではないかと思っているのです。


　この作品が生まれたもうひとつの理由は、２０２０年11月に母を亡くしたことでした。

　認知症にはなりませんでしたが、香寿美さんと同じ脳梗塞を患い、最後は肺炎でなくなりました。脳梗塞で倒れたという知らせを聞いて病院に駆けつければ、お医者さんは、脳のレントゲン写真を見せて「白くなっている所が、出血して脳が死んでしまっている部分です」と説明しました。

　ほんの初期、目が見えず口も動かない母は、大声で呼びかけると反応しました。が、やがて、母は何も応えなくなりました。それでも僕は、病院に行くたびに、母の耳元でいろいろと語りました。最近の仕事、つらかったこと、楽しかったこと、何気ないできごと。

　反応はなくても、きっと届いていると僕は思っていました。

　母との思い出は、２０２３年に『愛媛県新居浜市上原一丁目三番地』（講談社）という小説に書きました。「ごあいさつ」の星空や花に関するエピソードも含まれています。

なお、この本の「ごあいさつ」は、初演のものを載せています。この本が再演の初日と共に発売ですから、再演版の「ごあいさつ」は申し訳ないのですが、時間的に載せられないのです。

また、初演のＤＶＤがサードステージのホームページから入手できます。再演版もやがて発売する予定です。


二代目の香寿美さんを、竹下景子さんが引き受けて下さいました。勇気と決意が必要だったのではないかと勝手に想像しています。竹下さんには、感謝しかありません。

そして、二代目の陸は、鈴木福さんが演じることになりました。

俊也役の松村武さんは続投ですが、この3人で新たな『アカシヤの雨が降る時』が生まれました。

常に新鮮で、常に新しく、常に変わり続ける作品であり続けたいと心底、思っています。

三世代の違いを見つめ、三世代をつなぎ、三世代が話し始める作品になればいいなと創りました。

この物語が、あなたの心のどこかに触れることを心から願います。

鴻上尚史

◇上演記録

アカシアの雨が降る時（２０２１年上演）

【公演日時】
２０２１年５月15日（土）〜６月13日（日）
六本木トリコロールシアター

【キャスト】
久野綾希子
前田隆太朗
松村　武
長野里美（映像出演）
秋本雄基（映像出演）

【スタッフ】
作・演出：鴻上尚史
美術：池田ともゆき
音楽：河野丈洋
振付：川崎悦子
照明：中川隆一
音響：原田耕児
衣裳：森川雅代
ヘアメイク：西川直子
映像：冨田中理
歌唱指導：山口正義
演出助手：吉野香枝
舞台監督：大刀佑介

演出部：鈴木 輝　渡辺茅花
照明操作：林 美保
音響操作：甲斐美春
振付アシスタント：齊藤志野
ヘアメイク：門永あかね
映像操作：佐々木侑子

協力：映画「戦車闘争」
　おくむらメモリークリニック　奥村 歩
　相模原地方自治研究センター
　写真提供：朝日新聞社

佐藤慎哉　藤木陽一

大道具製作：ステージファクトリー
ヘアメイク協力：ラインヴァント
運搬：マイド

アーティストマネジメント：ヤザ・パパ、クリオネ、尾木プロ THE NEXT
宣伝美術：永瀬祐一
舞台写真：田中亜紀
記録映像：ビスケ
制作：倉田知加子　池田風見　鴻上夏海

企画・製作：六本木トリコロールシアター／サードステージ

アカシアの雨が降る時（2023年上演）

【公演日時】
〈東京公演〉2023年10月14日〜10月22日
新国立劇場　小劇場
〈兵庫公演〉2023年11月3日
神戸朝日ホール
〈石川公演〉2023年11月11日
北國新聞赤羽ホール
〈盛岡公演〉2023年11月17日
盛岡劇場メインホール
〈久慈公演〉2023年11月19日
アンバーホール 小ホール
〈愛媛公演〉2023年11月28日〜11月29日
あかがねミュージアム
〈大阪公演〉2023年12月3日
大阪・富田林市すばるホール2Fホール

【キャスト】
竹下景子
鈴木 福
松村 武

長野里美（映像出演）
秋本雄基（映像出演）

【スタッフ】
作・演出：鴻上尚史
美術：池田ともゆき
音楽：河野丈洋
振付：川崎悦子
照明：中川隆一
音響：原田耕児
映像：冨田中理
衣裳：森川雅代
ヘアメイクデザイン：西川直子
歌唱指導：山口正義
演出助手：吉野香枝
舞台監督：大刀佑介
演出部：鈴木 輝　渡辺茅花　北村太一　城野 健　石垣和美
照明操作：林 美保　横田幸子　林 加代子　角田 勉　本田理恵　鈴木 朋
音響操作：内田 誠
ヘアメイク：野林 愛
映像機材協力：インターナショナルクリエイティブ／神守陽介
大道具：Carps　美術工房いろあと
宣伝美術：末吉 亮（図工ファイブ）

宣伝写真：坂田智彦＋菊池洋治（TALBOT.）
宣伝：る・ひまわり／荒川靖子
運営協力：サンライズプロモーション東京
地方制作協力：村尾則章（トップシーン）
制作部：倉田知加子　鴻上夏海　西谷加奈子　塩川千尋　小田未希　池田風見
製作協力：new phase
プロデューサー：三瓶雅史

企画・製作：サードステージ

鴻上尚史（こうかみしょうじ）

作家・演出家。愛媛県生まれ。早稲田大学法学部出身。
1981年に劇団「第三舞台」を結成し、以降、数多くの作・演出を手がける。これまで紀伊國屋演劇賞、岸田國士戯曲賞、読売文学賞など受賞。舞台公演の他には、エッセイスト、小説家、テレビ番組司会、ラジオ・パーソナリティ、映画監督など幅広く活動。また、俳優育成のためのワークショップや講義も精力的に行うほか、表現、演技、演出などに関する書籍を多数発表している。桐朋学園芸術短期大学名誉教授。昭和音楽大学客員教授。

◉上演に関するお問い合わせ

サードステージ
〒151-0053　東京都渋谷区代々木1-23-7 第三瑞穂ビル103
電話 03-5937-4252　http://www.thirdstage.com

◉劇中曲一覧

pp.83『遠い世界に』（作詞・作曲：西岡たかし）

pp.101『友よ』（作詞・作曲：岡林信泰）

pp.112『これが僕らの道なのか』（作詞・作曲：西岡たかし）

pp.177『アカシアの雨がやむとき』（作詞：水木かおる、作曲：藤原秀行）

Jasrac 許諾番号 2307358-301

アカシアの雨が降る時

2023年 10 月 5 日　初版第 1 刷印刷
2023年 10 月14日　初版第 1 刷発行

著　者　鴻上尚史
発行者　森下紀夫
発行所　論 創 社
東京都千代田区神田神保町 2-23　北井ビル
電話 03（3264）5254　振替口座 00160-1-155266
装丁　図工ファイブ
組版　加藤靖司
印刷・製本　中央精版印刷
ISBN978-4-8460-2297-6　